편집
후기

# 편집
# 후기

결국 책을 사랑하는 일

오경철

교유서가

## 추천의 글

    과거에는 동의하지 못했지만 지금에 와서는 더없이 공감하게 되는 것들이 있다. 한때는 내게도 편집자가 책의 사각지대에 있다는 사실에 대한 자격지심이 있었다. 그러나 지금은 사각지대에 대한 생각이 바뀌었다. 책이라는 세상은 보이는 것과 보이지 않는 것으로 이루어져 있지 않다. 보이는 것과 보이게 만드는 것. 편집은 보이지 않는 일이 아니라 보이게 만드는 일이다. 지금 나는 나의 사

# 고독한
# 편집자들을 위한
# 책

박혜진(문학평론가)

각지대를 사랑하고, 어떻게 하면 보여야 할 것을 잘 보이게 만들 수 있을지에 대해서만 고민한다. 그렇다고 헤매지 않는 것은 아니다. 어떻게 하면 잘 보이게 할 수 있을지 또다시 갈피를 잡지 못하고 있을 때 이 책을 읽었다.

'듣는 사람'이자 '읽는 사람'으로서 편집자의 본분에 최선을 다하는 것만으로 좋은 편집자가 될 수는 없을 것이다. 그러나 듣는 사람이자 읽는 사람으로서의 편집자가 아니고서는 좋은 편집자가 될 수 있는 방법은 없다. 잘 듣고 잘 읽는 것은 지름길 없는 막막한 길 위에서 편집자가 의지할 수 있는 유일한 이정표일 것이다. 나는 이 고전적이고 근본적인 편집론이야말로 책 만드는 과정에서 발생하는 모든 구체적인 위기들에서 스스로 길을 찾게 해주는 유일한 빛이라고 생각한다. 진실을 배울 기회는 사랑의 성공보다 사랑의 실패 속에 있다는 걸 안다.

　나는 오경철 편집자가 가장 최근에 그만둔 출판사에서 일한다. 복도에서 스칠 때마다 잠깐 목례한 것이 같이 근무하는 동안 우리가 맺은 인연의 전부다. 그가 누군가와 (아마도 독자와) 높은 목소리로 통화하던 장면이 떠오르지만 그로부터 얼마 지나지 않아 그의 퇴사 소식을 들었으므로 사건의 내막을 알 길은 없었다. 하지만 나는 그때 틀림없이 그 높은 목소리를 응원하고 있었다. 말 한마디 나눈 적 없지만 내겐 그가 틀린 말로 화를 낼 사람이 아니라는 '선입견'이 있었다. 그건 읽고 쓰고 생각하는 직업으로서 편집자의 본분에 그가 누구보다 진지하게 임하는 선배라고 생각하고 있었던 탓이다. 그가 이 책의 추천사를 요청했을 때 빛의 속도로 쓰겠다고 답한 것도 그 때문이다. 그런 생각을 한 계기에 대해서는 조금 더 설명이 필요하다. 함께 근무하며 수많은 말을 나눈 어떤 편집자에게서도 받지 못한 경험을 그로부터 했는데, 역시 그로서는 알 길 없는 이야기다.

회사에는 책을 내면 편집부 동료들에게 자신이 만든 책을 나누어주는 문화가 있다. 편집부에 내려오던 문화나 관습 같은 것들이 이젠 거의 다 사라지고 없어졌지만 자신이 만든 책을 동료들에게 직접 건네는 일만은 명맥을 유지하고 있다. 받아봐야 짐만 되는 책들도 많지만 여전히 이 문화가 유지될 수 있는 건 이렇게라도 하지 않으면 우리가 신발이나 아이스크림이 아니라 책을 만드는 사람이라는 사실을 금세 잊어버릴지도 모른다는 것을 알기 때문일 것이다. 일본 드라마에서 나올 것 같은 드라마틱한 반응은 없다. 책을 건네면 다들 수고했다는 말과 영혼 없는 웃음을 건넨 뒤 다시 자기 할 일을 한다. 누구나 그렇게 하고, 나 또한 예외는 아니다.

단 한 번, 조용하지만 예외적인 반응이 있었다. 작년에 내가 김수영 산문 선집 『시여, 침을 뱉어라』를 오경철 편집자에게 건네고 돌아설 때였는데, 수많은 무관심들 속에서 오경철 편집자만이 책을 받은 후 내가 책에 쓴 카피와 소개글을 읽고 있었다. 그의 팀에서 만들었던 세계문학전집 도서를 그의 팀이 아닌 동료가 만든 것에 대한 궁금과 확인의 차원이 컸을 테지만, 그 행동은 나로 하여금 내가 일하는 곳이 신발이나 아이스크림을 만드는 곳이 아니라 책을 만드는 곳이라는 자부심을 느끼게 했고, 내가 편집자라는 자부심 또한 갖게 했다. 이 책을 읽으며 더 확실해진 건, 내가 가장 선망하는 편집자가 이렇듯 여전히 '읽고' 여전히 '듣고' 이렇게 '쓰는' 편집자라는 것이다. 나는 그가 보내준 이 원고를 읽고 놀라면서도 놀라지 않았다. 정갈한 문장, 출판에 관한 솔직하고 냉소적인 태도, 책과 책 만드는 사람을 향한 애틋한 시선은 놀라웠지만 왠지 나

는 그가 이렇듯 정직하고 진지하게 자기만의 '책'을 지켜
가고 있는 고독하고 애틋한 편집자임을 이미 알고 있었던
것만 같다.

『편집 후기』는 책 만드는 일의 외로움과 괴로움에 관한
진실한 고백록이다. 애처롭고 고독한 편집자들이 경험하
는 진짜 편집의 세계는 활기 넘치는 에너지로 가득 차 있
지 않다. 모든 일이 그렇듯 편집 역시 대부분은 견딤의 시
간으로 채워진다. 나는 편집이라는 일에 대해 그가 쓴 거
의 모든 문장들에 밑줄을 그었고, 진심으로 공감할 수밖
에 없었다. 편집이란 무엇인가. 그것은 아주 간단하게 정
의될 수 있다. "내 것이 아닌 문장들을 고치고, 바로잡고,
다듬는" 일이다. "누군가 쓴 원고를 주의 깊게 읽는 것"이
며, 잘 읽으려고 애쓰는 것이다. 원고는 모두 완벽하지 않
은데, 잘 읽어야만 완벽하지 않은 글들 속에서 그 글만이
갖고 있는 개성을 찾아낼 수 있기 때문이다. 편집자의 뒷
심, 출판계의 오랜 악습, 편집자와 저자 간 바람직하지 않

은 위계와 저자를 향한 태도에서 보이는 편집자의 직업적 타성, 열악한 일터의 현실…… 이 책은 편집의 기쁨보다는 편집의 우울, 한마디로 "아 다르고 어 다른 것을 구분하면서 먹고사는 일"의 지리멸렬함을 보여준다. 그러나 그것이 편집의 전부일 수는 없다.

실패를 경험하지 않는 편집자는 없다. 이 책은 모두가 알고 있지만 아무도 발 벗고 들려주지 않았던 실패의 시간들 속에서, 그럼에도 사라지지 않았던 책을 향한 열정의 파편들을 우리 손 위에 올려놓는다. 불어도 날아가지 않는 이 사금파리들이 책 만드는 일의 기쁨과 환희다. 편집자들의 일에 관한 이 책이 편집자들을 위한 책만은 아닌 이유도 여기에 있다. 곁을 잘 내어주지 않지만 사사로운 이해 앞에서 타협하지 않는 강한 선배와 기분 좋은 대화를 나눈 것 같다. 이 선배는 자신의 경험을 과장하지도 않고, 자신의 실패 앞에서도 정직할 수 있는 미덕을 가진 사람이다. 그의 편집론은 언뜻 염세적인 것 같지만 그런 비관 속에서 엿보이는 창백한 열정들이야말로 나 같은 후

편집 후기

10

배들이 절실하게 듣고 싶어 하는 편집의 리얼리티다. 말이 많지 않은 그와 역시나 말주변이 없는 내가 대화를 주고받는 일은 (아마도) 없을 테지만 그래도 아쉽지는 않다. 그가 또 책을 쓰면 우리는 이렇게 마음에 꼭 맞는 대화를 나눌 수 있을 테니까.

한때 오경철 편집자가 창업했던 출판사 이름이 '저녁의 책'이라는 것도 이 책을 읽으며 알았다. 출판사 소개란에 그는 이렇게 적었다고 한다. 저녁은 가만히, 혼자서, 책을 읽기에 가장 좋은 시간입니다. 누군가에게 『편집 후기』를 소개할 때 나도 그렇게 말할 것이다. 이 책은 가만히, 혼자서, 책 만드는 사람에 대해 생각하기 좋은 책이라고. 정말이지, 가장 좋은 책이라고.

말해봐, 뭘 했니? 여기 이렇게 있는 너는.

네 젊음을 가지고 뭘 했니?

_폴 베를렌, 「하늘은 지붕 위로」에서

# 차례

추천의 글  고독한 편집자들을 위한 책 _4

서문 _17

(1부)

좋아하지 않은 적은 없어도 _25
듣는 사람 _33
어른의 문장 _41
지리멸렬을 견디는 일 _52
자유로의 전기수 _60
만들 수 없었던 책 _69
편집 후기 _77

(2부)  왜 묻지를 못하니 _89
마음을 걸듯 _98
어떤 겨울의 끝자락 _105
자기라는 이름의 희망 _113
담배에 대하여 _120
나는 언제나 그 책들 사이에 있다 _127

**3부** 주인 없는 글 _137

언어, 문자, 다름, 틀림 _147

때로는 보이는 것이 전부 같아서 _156

원고는 불완전하다 _165

책 속에 숨기 _173

우리말은 아름답지 않다 _184

문학책을 만든다는 것 _193


**4부**

그만두기 _205

취향 문제 _216

편집자의 간판 _226

실패한 기획자의 당부 _235

독립과 일인 출판을 꿈꾸는 편집자에게 _242

근속의 명암 _254

외주자로 살기 _264


인용 출처 _273

# 서문

나는 이른바 단행본이라고 불리는 책을 만든다. 이것이 내가 대학을 졸업하고 사회에 나와서 지금까지 줄곧 해온 일이다. 사람이 하는 일들에는 저마다 이름이 붙기 마련이다. 우리의 사전 편찬자들이 내가 하는 일에 붙여준 이름은 '편집編輯'이다. 책을 만드는 나 같은 사람은 '편집자'라고 일컫는다. 나의 일에 대해 대부분의 사람들은 잘 알지 못한다. 낯선 이름이 붙어 있는 세상의 수많은 일에 대해 내가 잘 알지 못하듯이.

　지나간 여름부터 겨울까지 나는 내 일에 대한 생각에 골몰했다. 아침이면 책을 만들기 위해 회사에 나갔고 저녁에 돌아오면 때때로 밤늦게까지 책상 앞에 앉아 책을 만드는 일에 관한 생각들을 조금씩 글로 옮겨놓았다. 이 책에 실린 글들은 세 계절을 거쳐 그렇게 쓰였다. 글쓰기는 역시 만만한 일이 아니었지만 문장을 쓰다보면 내가 미처 깨닫지 못했던 내 일의 의미를 발견하고 이해하기 위해 노력하는 순간들을 맞닥뜨리기도 했다. 나는 그 순간들이 각별했다. 혼자서 골몰하는 이 작업이 헛되지만은 않으리라는 믿음에 조금씩 마음을 기댔다.

　이 책은 이를테면 어느 이름 없는 편집자의 체험 수기 같은 것이다. 책을 좋아해서 책 만드는 일에 무작정 뛰어든 평범한 독서인이 편집이라는 일을 하며 살아온 시간에 대해 일기처럼 쓴 글들을 모았다. 책 만드는 일을 둘러싼 이야기는 작고 대수롭지 않다. 하지만 그 속에서 나름의 의미를 찾아가는 일은 그렇지 않으리라 생각한다. 우리

편집 후기

삶의 형편도 그와 비슷할 것이다.

책 읽는 사람이 점점 줄어드는 현상에 대한 우려나 걱정의 말 같은 것은 거의 적지 않았다. 책을 읽자는, 혹은 책을 사라는 말들도 마찬가지다. 책을 읽거나 사는 것이 소수의 독특한 취향을 가진 인간들의 도락이 되어버린다 해도 그것 때문에 세상이 망할 일은 없을 거라 생각하기 때문이다. 오히려 나는 우리가 살아가는 세계에 책이 지나치게 많은 것은 아닌가 싶을 때가 있다.

책을 만들면서 만난 다양한 사람들, 그러니까 저자, 역자, 편집자 같은 이들에 대해 나는 종종 편견과 선입견, 호오를 가감 없이 드러냈다. 그렇게 해야만 내가 하는 편집이라는 일의 모습이 조금이라도 더 구체적으로 보일 수 있으리라 믿었기 때문이다. 혹시라도 나의 글이 누군가에게 상처가 된다면 내가 그에게 할 수 있는 일은 사과밖에 없을 것이다.

글을 쓰면서 젊은 편집자들을 떠올리곤 했다. 책을 만드는 것은 그야말로 지긋지긋한 일이다. 그 지긋지긋함이 지

굿지긋해서 나는 여러 번 일터를 떠났다. 하지만 결국 다시 돌아오지 않은 적이 없다. 그것은 이 일에 언제나 뜻밖의 성취감과 해방감이 함께하기 때문이기도 하다. 책을 만들면서 마음이 뜨거워진 적이 있다면 아마도 이 마음 또한 모를 리 없을 것이다. 사소하나마 나의 기록이 젊은 편집자들에게 어떤 식으로든 이롭게 읽힐 수 있다면 바랄 것이 없겠다. 책만은 변함없이 사랑하는 사람들이 읽고 자신들 편으로 받아준다면 이 책에 투영된 나의 소박한 꿈은 다 이루어지는 셈이라 해도 좋을 것이다. 이 책에 적힌 모든 것은 결국 책을 사랑해서 일어난 일이기 때문이다.

기어이 한 권의 책을 쓰는 사람이 되도록 해준 목눌木訥에게 깊은 감사의 마음을 전한다. 인지는 두서없는 글들에 질서를 부여하고 책에 제목을 붙여주었다. 그의 잔소리 덕분에 나는 적어도 글 속에서나마 자기 연민에 빠지지 않을 수 있었다. 고맙다.

선뜻 출간을 결정해준 교유당 신정민 대표의 후의와 오

랜 우정에 감사한다. 더불어 부족한 원고를 검토하고 오류들을 바로잡아준 편집자 정소리 님께도 감사드린다. 지난날 여러 권의 책을 같이 만든 윤종윤 형께서 몸소 책을 꾸며주셨다. 더없는 행운이라 여긴다.

박혜진, 신형철, 정홍수 선생님께서는 한 시절 맺은 인연을 기억하며 따뜻한 마음을 나누어주셨다. 감사할 따름이다.

이 책에 실린 글들을 쓰던 무렵, 출근길에 두 노래를 자주 들었다. 그 노래들을 들으면서 나는 지하철 유리창에 비친 내 지친 얼굴을 보며, 혹은 한강을 내려다보기도 하면서 내가 어제 썼고 오늘 쓸 글들이 얼마간 누군가의 마음에 남을 수 있기를 바랐다. 두 노래는 검정치마의 〈EVERYTHING〉, 나이트오프의 〈잠〉이다.

그럼 안녕.

2023년 봄
오경철

1부

# 좋아하지
# 않은
# 적은
# 없어도

 

책을 좋아하는 사람이 편집자가 된다. 편집자가 되려고 하는 사람들이나 편집자로 일하고 있는 사람들의 자기소개서는 선언 같기도 하고 고백 같기도 한 이런 문장으로 시작될 때가 많다. '저는 책을 좋아합니다.' 표현은 달라도 골자는 같다. 자신은 책을 좋아하는 사람이라는 것. 그것은 결코 눈길을 끌 만큼 솔깃한 문장이 아니다. 그들 또한 몰랐을 리 없다. 그럼에도 그들은 그 문장을 쓰지 않고는 글을 이어갈 수 없었을 것이다. 모든 것이 그 사실로부터 시작되었을 테니까. 편집자가 되기 전 수없이 자문했다. '나는 왜 편집자가 되려고 하는가?' 편집자가 되고 나서도 묻기를 멈추지 않았다. '나는 왜 편집자가 되었는가?' 답은 우스꽝스러울 만큼 간단명료했다. '책을 좋아하는 사람이니까.' 자기소개서를 쓸 때면 나 역시 그 말부터 하지 않을 수 없었다.

　나는 책을 좋아하는 사람이다. 책을 좋아한다고 하면 일반적인 사람들은 독서를 좋아한다는 말로 알아들을 것이다. 하지만 독서는 책 애호의 ABC 같은 것이다. 책을 좋아하면서 책 읽기를 좋아하지 않는 사람은 없다. 그런데 책은 꼭 읽지 않더라도 애호의 대상이 될 수 있는 사물이다. 나의 소박한 서가에는 아직 읽지 못한 책들이 적잖이 꽂혀 있다. 어떤 책은 끝까지 다 넘겨보지도 못했다. 나는 책장에 정리해둔 내 소유의 책들을 더없이 좋아하지만 그 책들 모두를 반드시 읽어야겠다고 생각해본 적은 없다. 오래전부터 야금야금 모아온 특정한 책들(초판본, 절판본,

서명본, 희귀본 등)은 고이 모셔두고 이따금 꺼내 만져보며 구경만 한다. 그것들은 그저 좋아하기에 갖고 있는 물건이다. 굳이 읽지 않더라도 책의 존재 이유는 하고많다. 일찍이 상허 이태준이 말했다.

　　册은 읽는 것인가? 보는 것인가? 어루만지는 것인가? 하면 다 되는 것이 册이다. 册은 읽기만 하는 것이라면 그건 册에게 너무 가혹하고 원시적인 평가다.

　　산문집 『무서록無序錄』에 실린 「책」의 한 구절이다. 이 글의 전문을 읽어보면 상허가 사물로서 존재하는 책을 얼마나 좋아했는지 알 수 있다. 종이로 만들어지는 책은 고유한 물성을 갖는다. 책을 좋아한다는 말은 책의 물성을 좋아한다는 말이기도 하다. 상허의 글은 물성을 지닌 책에 애착하는 사람의 마음을 고스란히 보여주는 것 같다.

　　책을 유별나게 좋아하는 사람에게는 책 애호의 새로운 지평이 열리기도 한다. 바로 책과 관련한 일을 직업으로 삼게 되는 것이다. 출판사, 서점, 도서관, 헌책방 등이 그런 일이 영위되는 대표적인 장소다. 편집도 그런 일 가운데 하나다. 남다른 책 애호가인 나도 어쩌다보니 편집자가 되었다. 거기까지는 자연스러운 과정이었다. 그런데 편집자가 되자 나의 오랜 책 애호는 그 위상이 과거와 사뭇 달라져버렸다.

편집이란 아주 단순하게 말하면 원고를 책으로 만드는 일이다. 그리고 편집자는 원고가 책이 되기까지의 모든 과정을 관장하는 사람이다. 책을 좋아해서 편집자가 된 사람들은 보통 이 말이 어떤 의미인지 정확하고 절실하게 깨닫기까지 얼마간 혼란스러운 시간을 겪는다. 원고가 책이 되어 시장에 나가려면 무던히 번거로운 단계를 거쳐야한다. 각 단계마다 명확한 형식과 내용을 갖는데 편집자는 그것을 속속들이 이해하고 숙지해야 할뿐더러 각 단계의 목적이 차질 없이 실현될 수 있도록 여러 전문 인력의 적극적인 협력을 탈 없이 이끌어내야 한다.

얼핏 고상해 보이지만 책을 만드는 일은 기본적으로 사

람들과 끊임없이 부대끼는 것이다. 부대낌 없이는 일이 굴러가지 않는다. 일이 굴러가게끔 편집자가 가장 열심히 하는 일은 소통이다. 그들은 노상 경청하고, 설명하고, 부탁하고, 요청하고, 사과한다. 편집자가 이러한 일들을 원활하게 소화해내지 못하면 원고가 책이 되는 과정은 가시밭길이 되고 만다. 협력자들이 편집자에게 기대하는 것은 다름 아니라 커뮤니케이션 능력이다. 책은 편집자가 만들지만 편집자 혼자서 만들지는 않는다.

편집이라는 일의 이러한 메커니즘에 끝내 익숙해지지 못하는 편집자들은 결국 업계를 떠난다. 사람들과 부대껴야 하는 '일'을 하다가 마음에 상처를 입고 업계를 떠나는 편집자들을 종종 보았다. 그들 가운데는 텍스트를 감별하는 눈이 남다르고 원고를 다루는 데 뛰어난 자질을 가진 이들도 있었다. 누구 못지않게, 그리고 누구보다도 책을 좋아한 사람들이었다. 하지만 그들에게 책을 만든다는 것은 자신과 맞지 않는 힘겨운 '일'일 뿐이었다. 안타깝지만 그러했다. 나는 편집자가 되고 나서 순수한 책 애호가로 돌아가고 싶지 않았던 적이 없었다. 나는 왜 장정일처럼 "동사무소의 하급 공무원이나 하면서 아침 아홉 시에 출근하고 오후 다섯 시에 퇴근하여 집에 돌아와 발 씻고 침대에 드러누워 새벽 두 시까지 책을 읽는 것"과 같은 꿈을 꾸지 못했을까. 돌아가지 못한 것은 그 일에 생계가 걸려 있었기 때문이다. 사람들과 부대끼는 일은 버겁지 않을 때가 없었고 나는 소통 자체에 의지를 잃어버릴 때도 많았다. 책을 좋아하는 것과 책을 만드는 일이 적어도 내게는 설득력 있는 상호 관계를 맺지 못했다. 원고가 책이 되어가는 과정에는 애호의 차원에서 접근할 수 있는 일이란 거의 없다. 표면적으로 편집은 책을 좋아하는 것과 무관하다. 그것은 지지고 볶으며 책이라는 제품을 제조하는 일일 뿐이다.

출판사에 입사해 편집자가 된다는 것은 기업의 일원이 된다는 뜻이다. 출판사도 여느 기업들처럼 제일의 목표는 이윤 창출이다. 기업의 일원으로서 편집자는 자신이 만든 책이 시장에서 매출을 일으키고 이익을 내길 바란다. 깊이 생각할 것도 없이 이것은 책을 좋아하는 마음만으로는 지속할 수 없는 일이다. 책을 좋아하는 마음이 반드시 편집이라는 일의 동력이 되지는 않는다. 책이라는 상품을 만들어내는 일, 그 일은 사람이 돈을 벌기 위해 하는 일이 대체로 그렇듯 버겁고 고되다. 무언가를 애호하는 마음과는 거리가 먼 일이다. 좋아서 하는 일은 대개 소용에 닿지 않는다. 직업이란 그런 일이 아닐 때가 많다.

나는 이 일을 오래 했다고 할 수 있지만 뼛속까지 편집자가 되지 못했다는 생각이 들 때가 많았다. 버릇처럼 자꾸 물었다. '나는 책을 좋아하는 사람인가, 책 만드는 일을 좋아하는 사람인가?' 질문을 누그러뜨려보기도 했다. '나는 책을 좋아하는 사람에 가까운가, 책 만드는 일을 좋아하는 사람에 가까운가?'

하지만 흥미로운 것은 그럼에도 책을 애호하는 사람만이 이 일을 굴러가게 한다는 점이다. 책을 만드는 일은 책을 좋아하는 일과 다르지만, 책을 좋아하지 않으면 할 수

없는 일인 것이다. 책을 좋아하지 않은 적은 없다는 것이
고단한 날 나의 위안이라면 위안이었다.

# 듣는
# 사람

사무실에서 나는 말하지 않는 날이 많다. 그러든 말든 대다수는 무관심한데 간혹 나의 묵언을 못마땅해하는 사람들도 있다(눈치로 안다). 그들은 나의 묵언에 자신이 손해를 보고 있다고 생각하는 것 같다. 그들 눈에는 나의 묵언이 일종의 근무 태만으로 보이나보다. 하지만 나는 그들을 이해하려고 노력한다. 내 얼굴을 빤히 쳐다보며 이렇게 묻는 사람들도 있다. "원래 그렇게 말이 없어요?",

"오늘 한마디도 안 한 거 알아요?" 절박한 궁금증인 경우도 있고 날 선 힐난이거나 은근한 타박일 때도 있다. 그럴 때 나는 나의 묵언에 대해 적극적으로 해명하거나 변호하지 않는다. 그럴 필요를 느끼지 못한다. 왜냐면 사실 나는 엄청 수다스러운 사람이기 때문이다.

나는 사람 만나는 것을 좋아하지 않는다. 어지간히 가깝고 편한 사이가 아니면 만나지 않는다. 그래서 내가 기꺼이 만나는 사람은 손에 꼽는다. 그들과 만나면 나는 혼자 떠든다. 쉬지 않고 떠든다. 그러거나 말거나 그들은 그런가보다 한다. 그들에게 나는 늘 그런 사람인 까닭이다. 어지간히 가깝고 편한 사이가 아님에도 누군가를 만나는 것은 대부분 일 때문이다. 나는 일 때문에 만나는 사람들 앞에서는 혼자 떠들지도 못하고 쉬지 않고 떠들지도 못한다. 그런 일은 꿈도 꾸지 못한다. 나에게는 결핍되어 있는 능력이다. 도저히 할 수 없는 일이다. 사무실에서 내가 묵언하는 건 그런 이유에서다. 나는 '원래 그렇게 말이 없는' 사람이 아니고 '하루 종일이라도 말할 수 있는' 사람이다.

모르는 사람만 모른다.

나의 묵언을 못마땅해하는 사람들은 하나만 알고 둘은 모른다. 나는 그가 누구든 일 때문에 만나는 사람들 앞에서는 말을 잘 하지 못하지만 그가 누구든 일 때문에 만나는 사람들이 하는 말은 잘 듣는다. 그것은 내게 모자람이 없는 능력이다. 나의 묵언을 못마땅해하는 사람들은 그걸 모른다. 그리고 들을 가치가 별로 없는 그들의 말을 들어주는 사람은 나뿐이라는 걸 다른 사람들은 다 아는데 그들 자신만 모른다는 것도 모른다. 그러고 보니 그들은 하나는커녕 아무것도 모르는 것 같다. 하지만 나는 그들 앞에서 늘 그랬듯이 묵언하는 수밖에 없다.

일의 시공간에 있을 때 나는 말하는 것보다 듣는 것이 훨씬 더 편하다. 입을 열어놓는 것보다 귀를 열어놓는 것이 내가 더 잘할 수 있는 일이다. 나는 편집이라는 일을 이렇게 오래 할 줄 몰랐다. 듣기보다 말하는 것이 더 편하고 더 잘할 수 있는 일이었다면 나는 아마도 이 일을 이렇게 오래 하지 못했을 것이다. 일의 시공간에서 만나는 사람들은 거의 모두가 듣기보다 말하기를 좋아했기 때문이다. 나는 그들에게 더할 나위 없을 정도는 아니었겠지만(리액션이 부족하므로) 그럭저럭 '말이 통하는' '대화' 상대이긴 했을 것이다. 본의 아니게 나의 근속은 경청의 반대급부가 되었다.

남의 말을 듣는 것이 나의 모자람 없는 능력이라 해도 말하기를 좋아하는 사람들의 말을 듣는 일이 지겹고 지루할 때가 없었다고 말하지는 못하겠다. 그것은 일이었기에 가능한 일이었다. 누군가의 말을 들어주는 일이 나의 일이라고 생각했기에 계속해온 일이었다. 말을 아끼는 것이야말로 편집자의 덕목이라는 고상한 말을 하고 싶어서 하는 말은 아니다. 그저 내가 그런 사람이었기에 편집자로 오래 일할 수 있었던 게 아닌가 싶어서 하는 말이다.

많은 사람들이 듣기보다는 말하고 싶어 한다. 할 말이 많고 자신이 말을 잘한다고 생각하는 사람일수록 더 많이 말하고 더 오래 말하고 싶어 한다. 나아가 자신의 말을 더 많은 사람이 더 오래 들어주길 바란다.

오래전에 나는 한동안 한국 작가들의 책을 만들었다. 당연히 편집자로서 그들과 밥 먹고 술 마시는 자리에 참석해야 할 때가 많았다. 문학작품을 쓰는 사람들이 술을 얼마나 많이 마시는지 그리고 얼마나 장시간에 걸쳐 마시는지 그 시절에 처음 알게 되었다. 계간지 편집 회의가 열리는 날이면 한국문학 팀 편집자들은 쉽게 퇴근하지 못했다. 사무실이 텅텅 빈 후에도 하릴없이 자리를 지키고 앉아 있다가 회의를 마친 편집 위원들, 회사 임원들과 뒤풀이에 동행했다. 으레 이런저런 작가들이 하나둘 모여드는 여흥의 자리는 대부분 밤늦게까지 이어졌다. 이름난 시인, 소설가, 비평가 들이 눈앞에서 쉬지 않고 술을 들이켜며 진담인지 농담인지 짐작하기 어려운 이야기를 주고받느라 여념이 없었다. 그들은 대부분 주당이었고 모두 말하기를 좋아했다. 술과 말에 허기진 사람들처럼 보였다.

나의 자리는 보통 가장 구석진 곳이었다. 재수가 없으면 네모진 테이블의 귀퉁이에 앉아야 했다. 집에서는 밥상 모서리에 앉으면 복이 달아난다는 말을 듣곤 했는데 그런 자리에서 내게 그런 말을 해주는 사람은 물론 아무도 없었다. 저명한 선생들과 그들의 그늘 아래 있는 작가들이 대거 참석하는 날에는 그런 자리에라도 앉을 수 있으면 다행이었다. 지지리 재수가 없으면 나 혼자 테이블을 써야 했다. 섬세하게 주의를 기울이지 않으면 잘 보이지 않는 곳에 있는 듯 없는 듯 몸을 웅크리고 앉아서 나는 문학을 하는 사람들이 소리 높여 하는 말들을 잠자코 들었다. 혼자 비운 술잔에 혼자 술을 따라 마셨다. 그러다 누군가 말하면 무턱대고 고개를 끄덕였고 누군가 웃으면 이유를 몰라도 따라 웃었다. 그렇게 스스로 내가 귀를 열어놓고 있다는 사실을 확인했다. 어쨌거나 그게 나의 일이었다. 아주 가끔 내게도 말을 거는 사람들이 있었다.

문인들이 득시글득시글하는 어느 심야의 술집에서 나는 지금은 이름이 기억나지 않는 한 작가로부터 예기치 못한 질문을 받았다. "저기요, 정말 궁금해서 그러는데요, 당신은 혹시…… 의자입니까?" 시종일관 아무 말 없이 앉아 있는 나라는 사람이 만취한 그의 눈에는 의자나 다름

없어 보였나보다. 그런 자리들에서 의자에게 말을 거는 사람은 거의 없었다. 하지만 의자는 자리가 파할 때까지 성실히, 묵묵히 제자리를 지켜야 했다. 문학작품을 쓰는 사람들은 억수로 취하면 문학작품을 쓰는 일에 대해서 말하지 않을 때도 많았다. 그들은 웃고 화내고 소리 지르고 욕하고 노래하고 울다가 술상을 엎고 바닥에 엎드려 자곤 했다. (그중에는 내가 학생 시절부터 사모하고 사숙해온 이들도 여럿 있었다. 나는 한동안 그들의 글을 읽을 수 없었다.) 그런 날에도 나는 귀를 만지작거리며 내내 들었다. 마치 의자에 앉은 의자처럼. 이 일에 대해 같은 팀에서 일하는 동료에게 말해주었다. 그 후로 그는 문인들과 술자리가 있는 날이면 만사 귀찮은 얼굴로 이렇게 말하곤 했다. "의자 노릇 하러 가는 날이군."

　가끔은 말하기를 즐기는 듯한 편집자들이 부럽다. 뭔가 말하기 위해 카메라 앞에 서는 일을 망설이지 않는 편집자들이 신기하다. 하지만 나에게는 애초 그럴 능력이 결핍돼 있다는 것을 알기에 부러워하고 신기해하는 데서 그

친다. 그리고 나는 내가 편하게 잘할 수 있는 일에 집중한다. 나는 그저 듣는 것이 내 일 같다. 그걸 모르는 사람이 너무 많지만 말이다. 세상에 말하는 사람보다 듣는 사람이 많아지길 바라는 건 말도 안 되는 욕심일까?

# 어른의
# 문장

편집자는 읽는 사람이다. 주로 하는 일은 아니지만 종
종 글도 쓴다. 대부분 자신이 만드는 책과 관련한 글이다.
그런 글은 궁극적으로 책을 독자에게 알리고 팔기 위해서
쓴다(알리고 파는 것은 읽기보다 더 고된 일이다). 그러므로
편집자가 쓰는 글은 그럴듯해야 한다. 무엇보다도 조건에
맞게, 목적에 부합하도록 쓰여야 한다. 그럴듯한 글은 책
을 그럴듯하게 보이도록 해준다. 편집자는 이런 일도 잘

해내야 한다. 글쓰기는 엄연히 편집의 영역에 포함된다.

신입 편집자 시절에 나는 부서장에게 '문장 수업'을 받았다. 어리숙한 문학청년이었던 나는 그이 덕분에 편집자라는 직업을 갖고 사회생활을 시작할 수 있게 되었다. 내게 그는 은인이나 다름없는 사람이었다. 고금의 동서양 문학에 이해가 깊은 베테랑 편집자였던 그는 외국문학 팀을 관리하고 있었다. 나는 그에게 처음으로 편집이라는 일에 대해 배웠다. 그는 나에게 다양한 업무를 지시했다. 그중 하나가 글쓰기였다. 정확히 말하면 글쓰기 '비슷한' 것이었다.

당시 그는 회사에서 출간한 한국 작가들의 소설, 시집, 에세이 등을 소개하는 일종의 자료집을 만들고 있었다. 그러한 자료집을 라이츠 가이드Rights Guide라고 한다는 것을 나중에 알게 되었다. 라이츠 가이드의 지면에는 책 소개와 더불어 서지 사항, 판권 계약 현황 등이 일목요연하게 정리되었다. 라이츠 가이드는 해마다 외국에서 열리는 도서전에 가져가 외국의 에이전시와 출판사에 자사의 도서를 홍보하고 수출하기 위해 만드는 것이었다. 그래서 한국문학 팀이 아니라 외국문학 팀에서 편집을 담당했다. 라이츠 가이드도 책이었다. 내게 주어진 글쓰기 비슷한 업무는 이 책에 실릴 원고를 '만드는' 것이었다. 이 원고는 영어로 번역될 터였다. 처음에 나는 그런 것조차 알지 못했다.

짧은 시간 동안이나마 나는 대학에서 한국문학을 공부했다. 막연하게 글을 쓰면서 살아가기를 바랐다. 동경하는 시인, 소설가, 비평가 들의 작품을 찾아 읽으며 언젠가 그런 글을 쓸 수 있을까 몽상하는 것이 내가 대학에 다니면서 한 일의 거의 전부였다. 하지만 나는 꿈을 이루지 못했다. 그런 이야기를 출판사에 보내는 자기소개서에 몇 날 며칠 구구절절 썼다. 아직 편집자가 무슨 일을 하는 사람인지도 제대로 몰랐던 내게 부서장이 원고 작성 업무를 지시한 것은 어쩌면 그 자기소개서 때문이 아니었을까 싶다.

백지상태에서 시작해야 하는 일은 아니었다. 과거에 선배 편집자들이 만든 도서 목록이 있었다. 나의 글쓰기는 낡은 도서 목록에 실린 글을 보수하고 정비하는 작업에 가까웠다. 그럼에도 그 일은 너무나 버거웠다. 다른 편집자들이 교정을 보느라 여념이 없을 때 나는 전에 여러 번 읽은 책, 혹은 한 번도 읽지 않은 책에 관해 누군가 써놓은 글을 유심히 들여다보았다. 그러면서 내 눈에 넘치는 것은 덜어내고 모자란 것은 채워나갔다. 덜어내는 것보다 채우는 일이 더 어려웠다. 문장은 뜻대로 쓰이지 못했고, 글은 도무지 그럴듯해 보이지 않았다.

얼기설기 초고를 만들어 제출하면 분주한 부서장은 심상히 읽고, 묵묵히 고쳤다. 아마도 조건에 맞게, 목적에 부합하도록. 그것이 그의 일이었다. 고쳐 쓸 만한 상태가 아니면 그대로 되돌아왔다. 그러면 처음부터 다시 들여다보았다. 언제 끝낼 수 있을지 짐작하지 못했다. '이런 것도 편집자의 일인가?' 하는 생각이 들었다. 아무것도 모르면서. 누군가 고치기 편한 글을 만들어내는 일도 여간 어렵지 않았다. 그런 글을 써야만 하는 처지였다.

내가 그야말로 쥐어짜듯 작성한 글은 부서장의 손을

거치고 나면 몰라보게 달라졌다. 조건에 맞고 목적에 부합하는 글이 되어 있었다. 그런 변화가 매번 낯설고 놀라웠다. 나는 그것이 '어른'의 글 같다고 생각했다. 글을 다루는 것이 직업인 사람의 글. 글을 다루어 먹고사는 사람의 글. 그런 글을 그때 처음 본 것 같다. 내가 존경했던 편집자의 문장에는 덜어낼 것도 채울 것도 없었다. 무더웠던 그해 여름, 모든 것이 불편한 사무실 한구석에서 라이츠 가이드의 초고를 만들며 나는 어떻게든 '어른'이 되어보려고 노력하기 시작했다. 나의 글이 '어른'이 쓴 글 같아 보이기를 간절히 바라게 되었다.

그는 내게 많은 글을 쓰게 했다. 편집자라면 일상적으로 써야 하는 것들이었다. 외서 검토서, 표지 문안, 보도 자료, 광고 문안 등등. 하지만 나는 대부분 그럴듯하게 쓰지 못했다. 조건과 목적에 짓눌리는 기분이었다. 그가 나의 못난 글을 읽으며 한숨을 쉬거나 혀를 차던 소리가 아직도 귓가에 들리는 듯하다. 그래도 그는 그만 쓰라고 하지 않았다. 계속 쓰도록 했다. 그리고 내가 쓴 글을 읽고 고쳐주었다. 고치지 않을 때는 고치지 않는 까닭을 말해주었다. 그가 하는 말에 수긍하지 않은 적이 없던 것 같다. 그가 고친 글을 들여다보면서 나는 편집자가 갖추어야 할 문장 감각을 익혔다. 그것은 아름다운 글을 짓는 감각이 아니었다(편집자는 미문을 써내는 사람이 아니다). 자신이 만든 책을 조금이라도 더 많은 독자에게 알리고 조금이라도 더 많은 독자가 집어 들게끔 하는 글을 써내는 감각이었다. 그럴듯한 글. 편집자는 그러한 글을 써낼 줄 알아야 했다.

나는 그에게서 편집자가 알아야 할 모든 것을 배운 듯싶다. 그는 자주 말했다. 잘 읽어야 한다고. 원고를 잘 읽는 사람, 편집이라는 일을 하면서 나는 그런 사람이 되려고 애썼다. 잘 고치기보다 중요한 것은 잘 읽기였다. 원고는 날것이다, 그래서 거칠고 헐거운 곳이 많다, 하지만 원고는 저마다 고유한 개성을 갖고 있다, 그것이 바로 원고가 책이 되어야 할 이유다, 잘 읽어야 그 개성이 무엇인지 파악할 수 있다, 무턱대고 고치는 것은 편집자의 일이 아니다…… 그는 그런 것들을 내게 하나하나 가르쳐주었다.

문학책을 만들 때면 나는 먼저 잘 읽으려고 애쓴다. 다른 사람이 쓴 글을 고쳐야 할지 말아야 할지 고민할 때면 늘 그가 했던 말이 가장 먼저 생각난다.

라이츠 가이드는 무사히 제작되었다. 여름내 애써 만든 라이츠 가이드를 가지고 그는 프랑크푸르트로 출장을 떠났다. 그리고 돌아온 지 얼마 되지 않아 회사를 그만두었다. 곡절이 많아 보였다. 그가 떠난 자리는 그대로 공석이 되었다. 나는 졸지에 선생을 잃었고 문장 수업도 끝이 나버렸다. 그 후로 나는 그와 같은 부서장을 다시는 만나지 못했다.

그는 오랫동안 편집자로 일하면서 많은 책을 만들었다. 그러다 어느 때인가 책을 쓰는 사람이 되었다. 너무 오래 미루어져온 일이 아닌가 싶었다. 나는 그만큼 위트 넘치면서도 깊이 있게 글을 쓰는 편집자를 알지 못한다. 그의 책 중 하나는 내가 재직했던 출판사에서 출간되었다. 나는 그곳에서 한동안 여러 팀의 원고를 들여다보고 고치는 일을 했다. 담당 편집자가 그의 원고를 한번 읽어달라고 했다. 과거에 그가 말했던 것처럼 나는 잘 읽으려고 노력했다. 고친 것은 없었다. 그의 책은 고전과 문학을 좋아하는 독자들에게 널리 알려졌고 그의 이름 역시 마찬가지였다. 나는 그가 자랑스러웠다.

가끔 나는 내가 무척 이상한 일을 하면서 먹고산다는 생각을 한다. 남이 쓴 글을 읽는 일, 그것이 내 직업인 것이다. 어쩌다 이런 일을 하게 되었나 싶다. 때로는 글을 쓰기도 한다. 그것도 엄연히 내 일이다. 읽기와 쓰기는 다르다. 오랫동안 편집자로 살아왔지만 책을 알리고 팔기 위한 글을 써야 할 때면 여전히 애면글면한다. 그럴듯한 글을 써내지 못할까봐 두렵다. 그럴 때면 그게 다 원고를 제대로 읽지 않았기 때문이라고 한탄할 때가 많다. 잘 쓰려면 잘 읽어야 한다. 편집자는 잘 읽어야 하는 사람이다.

편집자라고 해서 모두 글을 잘 쓰는 것은 아니다. 글을 잘 쓰지 못해도 책을 만들 수 있다. 하지만 겪어보니 문장을 제대로 쓰지 못하는 편집자는 대부분 책 만드는 일을 오래 하지 못했다. 나는 그것이 자연스러운 일이라고 생각했다. 아 다르고 어 다른 것을 구분하면서 먹고사는 일도 다른 많은 일들처럼 고생스럽다. 문장 감각을 타고나는 사람은 없다. 그러한 감각은 읽기를 통해 길러지고, 쓰기를 통해 벼려진다. 문장 감각이 예민하고 섬세할수록 글을 잘 쓴다. 읽고 쓰는 일이 읽고 쓰는 사람을 만들어낸다.

**덧붙이는 말.** 좀 더 많은 편집자들이 공공의 지면에 자기 글을 써보면 좋겠다. 시, 소설, 평론, 에세이, 서평, 르포 등등 어떤 장르의 글이어도 상관없다. 자신의 목소리를 담을 수 있다면 그걸로 충분하다. 많은 사람들이 여전히 편집자가 정확히 무슨 일을 하는지 잘 모른다. 책을 만든다고 말하면 인쇄소를 운영하느냐고 물을 정도다. 직업인으로서 편집자는 책 속에 숨어 있는 사람이다. 편집이라는 일도 베일에 가려져 있다. 편집은 일의 속성상 일하는 사람이 좀처럼 드러나지 않는다. 대부분의 편집자는 자신이 일의 주체이면서도 어지간하면 자신이 주체임을 주장하려들지 않는다.

아직도 수많은 편집자들이 열악한 노동 환경과 조건 아래서 일한다. 고착된 환경과 조건은 좀처럼 개선되지 않는다. 일터의 현실에 실망하고 떠난 편집자의 자리를 곧 같은 이유로 실망할 편집자가 채우는 일만 반복되고 있을 뿐이다. 저물어가는 산업의 특성, 업계의 병폐 탓이다. 몇 권이라도 책을 만들어본 편집자라면 누구나 아는 사실이다. 하지만 아무것도 하지 않으면 아무것도 변하지 않는다. 내가 생각하기에 명색이 문화와 지식 사회의 일원으로서 편집자가 제 목소리를 낼 수 있는 최선의 방법은 글을 쓰는 것이다. 편집자의 목소리가 모여야, 그리고 편집자의 글을 읽는 사람이 많아져야 책을 만들며 살아가는 이들의 구체적인 삶의 터전에도 유의미한 변화가 생겨날 수 있다.

근래에 자기 목소리를 내는 편집자들의 책을 여러 권 읽었다. 책의 내용과 관계없이 그들에게 열렬한 응원을 보냈다. 더 많은 편집자들의 글을 읽고 싶다. 편집자들의 목소리가 세상에 더 많이 퍼져나갔으면 한다. 책 쓰기가 유행이라고 한다. 편집자들의 적극적인 동참을 권한다.

# 지리멸렬을
# 견디는
# 일

해가 기울면 들여다보던 원고에서도 당분간 해방이다. 일에서 벗어난 시간에는 책 만드는 친구들과 단골집 두어 군데를 돌며 밤늦도록 수다를 풀고 술잔을 기울이는 것이 소소한 낙이다. 그렇게 놀다가 집에 돌아와서 나는 서재에 앉아 오랫동안 간직하고 있는 몇 권의 책들을 뒤적이다 까무룩 잠이 들기도 한다. 그 책들 속에는 한때 내가 곧잘 외우기도 했던 아름답고 어여쁜 문장들이 박혀 있다.

새날이면 전날 들여다보던 원고를 다시 가져다놓고 한 줄 한 줄 눈으로 짚어나간다. 내 것이 아닌 문장들을 고치고, 바로잡고, 다듬는다. 시간을 견디는 일은 속절없다. 눈을 깜빡거릴 때마다 버석버석 소리가 나는 것만 같다. 이 일이 곧 내 삶이려니 한다. 손을 놓고 싶은 순간도 많았다. 같은 일을 하는 사람들은 그 마음을 알아주지만 마음만으로 달라지는 것은 없었다. 먹고사는 일은 언제나 어쩔 수 없는 일이었다.

누군가 쓴 원고를 주의 깊게 읽는 것. 이것이 내가 이십 대 후반부터 줄곧 해온 일이다. 물론 읽는 데서 그치는 일은 아니다. 거듭 고치고, 바로잡고, 다듬어야 한다. 그러지 않으면 원고는 책이 되지 못한다. 제값을 매겨 시장에 내다 팔 수 없다. 언제까지고 계속할 수는 없기에 이 일은 대체로 기간과 횟수를 정해놓고 한다. 왠지 일의 값어치는 시간이 갈수록 떨어지는 듯하지만 일의 목적이나 일하는 방법에는 변화가 없다. 나는 이러한 일이 어쩌면 편집자의 본령이 아닐까 싶을 때가 더러 있다. 편집자가 되긴 했지만 편집자가 무슨 일을 하는 사람인지 잘 몰랐던 시절에는 이것이 내가 회사에서 하던 업무의 전부였다. 원고를 주의 깊게 읽으면서 고치고, 바로잡고, 다듬는 것.

매일같이 전화나 메일, 회의 같은 이런저런 잡무에 치이던 선배들은 번잡스러운 일과 시간이 지나고 사무실에 고요가 찾아들면 그제야 비로소 차분히 교정지를 들여다보기 시작했다. 그럴 때 그들은 자신의 일을 애틋하게 여기는 것처럼 보이기도 했다. 그 무렵 나는 이 일을 이렇게 오랫동안 하게 되리라고는 생각하지 못했다. 하릴없이 교정지에 코를 박고 있어야 하는 일을 좀처럼 견디지 못한 재기 발랄한 동료들은 펜을 던지고 더 늦기 전에 다른 일을 찾아보려 미련 없이 짐을 챙겨 떠났다. 남은 사람들은 펜을 더 꼭 쥐고 교정지를 들여다보았다. 나도 그중 하나였다. 누군가에게는 이 일이 그만 천직 같은 것이 되어버렸다.

베테랑 편집자가 있었다. 첫 직장에서 만난 그는 독특한 편집자였다. 우리는 너나없이 그를 '실장님'이라고 불렀다. 실장님은 좀처럼 자기 책을 만들지 않았다. 사내에서 실장님의 공식적인 역할은 편집자들이 붙들고 있는 원고의 오케이(교정을 마무리하는 일)를 놓는 것이었다. 하지만 그도 불가피하게 책임 편집(주무자가 되어 입고부터 출간까지 편집의 전 과정을 총괄하는 것)을 해야 할 때가 있었다. 그런데 가만 보니 실장님은 오케이를 놓은 뒤에 세상의 모든 편집자가 다 쓰는 표지 문안이나 보도 자료 등을 스스로 써내지 못했다. 그럴 때면 실장님은 까마득한 후배들에게까지도 희화의 대상이 되곤 했다. 어쩌다 실장님이 그런 편집자가 되었는지 나는 여전히 그 까닭을 알지 못한다.

실장님은 교정 교열의 고수였다. 원고의 잘못된 부분을 고치고 바로잡는 일에서는 타의 추종을 불허했다. 일을 시작한 지 얼마 안 된 편집자들의 교정지는 대부분 실장님의 눈을 거쳤다. 얼마간 일이 손에 익은 편집자들도 과도한 업무에 힘이 부치면 실장님에게 달려가 교정지를 내밀었다. 실장님이 교정지를 받아주면 그들은 비로소 한

시름을 놓았다. 담당 편집자가 미처 발견하지 못한 오탈자와 명백한 오류들을 실장님은 더할 나위 없이 깔끔하게 정정해놓았다. 실장님은 여간해선 실수하지 않는 사람이었다. 그리고 편집자로서 자부심을 갖고 있었다. 어쩌면 그에게 편집이라는 일의 근간은 표지 문안이나 보도 자료를 작성하는 것 따위가 아니었는지도 모른다.

출판계에서는 원고를 고치고 바로잡고 다듬는 일을 한데 묶어 교정 교열이라고 한다. 이 일을 하지 않는 편집자는 없다. 현재는 하지 않는 편집자도 과거에는 했다. 이것은 원고를 책으로 만들어 시장에 내다 팔려면 반드시 거쳐야 하는 일이다. 제조의 기초 공정이라 할 수 있다. 하지만 이 일은 어지간히 잘해도 표가 나지 않는다. 그런데 어지간히 잘하지 못하면 대번에 눈에 드러난다. 편집자에게 이 일은 잘해야 본전이다.

이 일을 지속적으로 해나가다보면 눈이 좋아진다(시력은 나빠진다). 눈이 좋아진다는 것은 이 일을 하는 데 필요한 특별한 감각이 몸에 배어든다는 뜻이다. 그것은 설명하기가 좀 어려운데 많은 편집자들이 문장 감각이라고 부르는 것 같다. 나보다 먼저 이 일을 시작한 선배들은 대체로 그러한 감각이 예민하고 섬세했다. 그들의 눈을 거친 교정지에는 그 감각의 흔적들이 고스란히 남아 있었다. 그리고 그것들은 표지 문안이나 보도 자료를 쓰는 일을 감당하지 않으려 했던 실장님의 교정지에 가장 많이 남아 있었다.

나름대로 오래 해온 일이지만 교정 교열은 여전히 어렵다. 나는 나의 눈을 믿지 못할 때가 많다. 간혹 공감하지도, 동의하지도 못하는 종잡을 수 없는 언어들이 눈을 어지럽히는 지리멸렬한 원고를 꼼짝없이 책으로 만들어내야 할 때면 그만 일을 작파해버리고 싶기도 하다. 여전히 서툴러서 그럴 것이다. 그러나 능숙하다 한들 어디다 대고 내세울 만한 일도 아니다. 어떤 때는 내가 아니라 나의 그림자가 어설피 하는 일 같기도 하다. (부모님은 아직도 나의 직업에 대해 정확히 알지 못한다. 나는 정확히 알리기를 오래전에 포기했다.)

그렇게 하자고 누가 정했는지는 모르겠으나 교정 교열은 보통 세 번 안에 끝낸다. 여차여차하여 세 번을 넘어가면 편집자는 진이 빠지기 시작한다. 주변에 눈치 볼 일, 아쉬운 소리 해야 할 일도 늘어난다. 직업에 회의가 들고 생활에 염증이 난다. 죄지은 사람처럼 남의 글에 꼼짝없이 발목 잡힌 것 같아 마음에 먹구름이 잔뜩 낀다. 고비를 넘기기는 언제나 어렵다. 어쩌다 이런 이상한 일을 하게 되었을까, 왜 진작 그만두지 못했을까, 하릴없이 자책한다.

언젠가 야근을 하면서 또 그러고 있을 때였다. 평소 대화를 나눌 일이 거의 없고 가까이하기도 어려웠던 대표이사가 장승처럼 곁에 서서 심상히 말했다. 이 일이란 워낙 그런 것이라고, 그러니 집에 돌아가서 눈을 좀 씻으라고, 아름답고 어여쁜 글을 읽으면서. 우리 같은 사람은 누구나 그런 문장들을 가지고 있다고. 너무 오래전 일이라 정확히 옮길 수 없지만 편집자로 살면서 나는 그의 말을 잊어본 적이 없다.

편집자는 교정 교열을 하면서 원고의 갈피를 잡는다.

그러느라 삶의 갈피를 놓치기 일쑤다. 끼니를 차려 먹고 설거지를 하듯 그러한 일을 하는 사람이 편집자다. 자주 잊곤 한다. 누가 알아주든 말든 책은 그런 사람들이 만든다는 것을. 그들이 어디로 도망 못 가게 발목 잡는 이런 일이 어쩌면 편집자의 본령이 아닐까 더러 생각하는 나는 이제 옛날 사람일 것이다. 그만 불을 끄고 쉬어야 하는 때, 옛사람들이 쓴 고고한 문장을 읽으며 가만히 눈이라도 씻어야 나날의 일을 그럭저럭 견딜 수 있는 사람. 그러나 그렇게 눈 씻는 일이 또한 나름의 내밀한 도락이 되어버린 사람. 까무룩 피안으로 건너가게 해주는 문장들을 하루하루 기다리는 사람. 어제처럼 오늘도, 오늘처럼 내일도 남의 글을 고치고, 바로잡고, 다듬는 사람.

지리멸렬을 견디는 일

# 자유로의
# 전기수

책의 제목, 부제를 짓거나 표지 문안, 카피 등을 쓰고 나면 몇 번 소리 내 읽어본다. 입에 잘 감기는지 확인하는 것이다. 눈으로 보았을 때 이만하면 됐다 싶은 문장도 소리내 읽으면 탐탁지 않게 들리는 경우가 있다. 여러 차례 읽어도 입에 붙지 않는다 싶으면 버리고 새로 쓰는 게 낫다. 잘 쓴 글은 대체로 입에 착착 감긴다. 글의 길이나 문체와 상관없다. 잘된 글은 듣기에도 좋다. 글을 쓰고 나면 세 번

넘게 소리 내 읽고 그것으로도 모자라 아내에게 낭독을 부탁하는 것으로 알려진 고전학자가 있다. 나는 그런 사실을 모른 채 그의 책을 두어 권 만들었다. 언제나 다수의 문헌 자료를 활용하는 그의 원고는 꼼꼼히 확인해야 할 사항들로 가득하다. 하지만 문장은 손볼 데가 거의 없다. 어떤 내용이든 학자의 글로서는 드물게 술술 읽힌다. 그래서인지 그의 책은 대중 독자에게도 인기가 많다. 낭독을 하며 퇴고하는 습관 덕분에 쌓인 내공이 아닌가 싶다.

동서양을 막론하고 인쇄술이 발달하여 책이 대량으로 보급되기 전까지 독서는 대체로 낭독을 의미했다. 전통 시대 동아시아에서 글을 읽는다는 것은 글을 소리 내 읽는다는 뜻이었다. 글을 배우고 때때로 익히면學而時習 스승 앞에 나아가 배우고 익힌 글을 소리 높여 외웠다. '책을 백 번 읽으면 뜻이 저절로 통한다讀書百遍義自見'라는 옛말이 있는데, 여기서 백 번 읽는다는 것은 소리 내서 백 번 읽는다는 뜻이다. 글에 담긴 사상을 체화하려면 무조건 낭독을 해야 했다.

18세기 후반 조선에서는 소설 유통이 확대되고 향유층이 증가했다. 이 시기에 사람들에게 이야기책을 읽어주는 일을 직업으로 삼은 사람들이 등장했다. 이들은 저잣거리에서 『삼국지』, 『수호전』 따위의 중국 역사소설이나 『숙향전』, 『심청전』 같은 잘 알려진 우리나라 소설을 신묘한 솜씨로 구연하며 사람들을 끌어모았다. 그들은 중요한 대목에서 이야기를 갑자기 멈췄다가 궁금증을 못 견딘 사람들이 여기저기서 돈을 던져주면 그제야 이야기를 다시 이어갔다고 한다. 책을 어찌나 실감나게 읽었는지 이들은 이야기에 지나치게 몰입한 사람들에게 어이없는 변을 당하기도 했던 모양이다.

　항간에 이런 말이 있다. 종로 거리 연초 가게에서 짤막한 야사를 듣다가 영웅이 뜻을 이루지 못한 대목에 이르러 눈을 부릅뜨고 입에 거품을 물면서 풀 베던 낫을 들고 앞에 달려들어 책 읽는 사람을 쳐 그 자리에서 죽게 하였다고 한다. 이따금 이처럼 맹랑한 죽음도 있으니 참으로 가소로운 일이다.

단원 김홍도의 〈담배썰기〉(『단원 풍속도첩』)라는 그림에는 쥘부채를 손에 들고 앞에 펼쳐놓은 책을 한껏 입을 벌리고 소리 내 읽는 남자의 모습이 보인다. 생생하기 그지없는 그의 표정을 보노라면 그림 속에서 마치 책 읽는 낭랑한 목소리가 들려오는 듯하다. 우리는 이들을 전기수傳奇叟라고 부른다.

2007년 겨울 어느 날, 서울 근교에 사는 저자를 만나러 당시 몸담고 있던 회사의 임원 한 분과 같이 사무실을 나섰다. 자동차 운전석에 앉은 그의 손에는 책이 한 권 들려 있었다. 제작을 마치고 마침 그날 본사에 입고된 그 책은 미국 소설가 레이먼드 카버의 유명한 소설집 『대성당』이었다. 당시 나는 카버에 대해 잘 알지 못했다. 읽어본 작품도 몇 편 되지 않았다. (이 책은 영문학을 전공하고 카버의 문학에도 조예가 깊은 젊은 작가가 옮겨 문학 독자들 사이에서 화제가 되었다. 그런데 카버가 한국 독자들에게도 널리 이름을 알린 데는 알게 모르게 무라카미 하루키의 역할이 크지 않았을까 싶다. 카버를 흠모한 하루키의 글을 읽고 카버의 팬이 된 독자가 적지 않을 것이다. 주지하듯이 하루키는 오랜 기간 동안 카버의 모든 작품을 일본어로 손수 번역했다.)

그는 내게 책을 건네고 시동을 걸었다. 성당의 돔이 그려진 표지 일러스트가 잠시 눈을 끌던 차, 그가 예사로운 말투로 책을 읽어보라고(혹은 읽어달라고) 했다. 그의 말은 『대성당』을 소리 내 읽어보라는(혹은 읽어달라는) 것이었다. 어딘가 카버 소설의 한 장면 같은 상황에 나는 순간 당황했다. '뭐야, 이 양반, 엉뚱하군.' 평소 어려워하던 분이라 그와 나선 길이 썩 편하지만은 않았다. 파주출판도시에서 행선지까지는 꽤 먼 거리였다. 가고 오는 동안 어떤 대화든 시도해야 했다. 심각하게 말주변이 없던 나는 차라리 잘됐다고 생각하기로 했다. 그까짓 책 읽는 일이 대수인가 싶었다. 짐짓 몸가짐을 바로 하고 무릎에 내려놓았던 책을 집어 들었다. 자동차는 거침없이 자유로를 내달렸다. 노르스름한 햇살이 비끼는 차창 너머로 겨울

하늘 아래 한강이 유유히 흘렀다.


"어떤 작품을 읽을까요?"

"「대성당」."

그는 전방을 주시하며 툭 내뱉듯 대답했다. 차례를 보
니 「대성당」은 맨 마지막에 실려 있었다. 책장을 펼치며
목을 가다듬고 소설의 문장을 천천히 읽어나가기 시작했
다. "그러니까 맹인이, 아내의 오랜 친구가 하룻밤 묵기 위
해 찾아오고 있었다." 소리 내 책을 읽어본 게 언제였는지
기억조차 나지 않았다. 귓가에 들려오는 내 목소리가 너
무 낯설어 나도 모르게 몸이 움츠러들었다. 읽어갈수록
열없어서 귓불이 뜨겁게 달아올랐다. 그래도 멈추지 않고
계속 나아갔지만 페이지는 원활하게 넘어가지 않았다. 몸
속에 내가 아닌 누군가가 들어앉아 제멋대로 지껄이고 있
는 듯했다.

어느덧 나는 거의 울상이 되어 슬쩍슬쩍 그를 곁눈질하
며 더는 못 들어주겠다는 듯 그가 그만 읽으라고 말해주

기만을 간절히 바랐다. 하지만 그는 무덤덤한 얼굴로 앞만 바라보고 있을 뿐이었다. 소리 내 읽고 있었지만 소설의 내용이 좀처럼 머릿속에 들어오지 않았다. 하필 그날 회사에 들어온 책이 원망스러웠다. 어색하고 불편할지언정 차라리 침묵이 낫지 않았을까 싶었다. 하지만 달리는 차에서 뛰어내리기라도 하지 않는 한 낭독을 그만둘 방법은 없었다. 나는 그만 마음을 내려놓았다. 「대성당」인지 뭔지 이 빌어먹을 소설이 얼른 끝나기만을 바라며 읽기를 이어갔다.

그런데 무슨 조화였을까, 시간이 흐르면서 나의 낭독에 미묘한 변화가 일어나기 시작했다. 밋밋하던 어조에 슬슬 강약과 고저와 장단이 생겼다. 낱말, 구절, 문장 들은 글을 읽어가는 나의 순간적인 판단에 따라 볼록해지기도 하고 오목해지기도 하며 밋밋하던 억양에 생기를 불어넣었다. 건조하고 투박했던 가락이 안정을 찾은 호흡 속에서 제법 그럴듯하게 리듬을 탔다. 나는 어느새 지문과 대사를 각각 다른 톤으로 읽고 있었다. 평면적이었던 낭독에 입체

감이 생겼다. 나는 소리 내 책을 읽는 일에 점점 빠져들고 있었다. 마치 소설 속에서 맹인과 함께 대성당의 모습을 그려나가는 화자처럼 말이다. 책장이 점점 빠르게 넘어가는 것이 아쉬울 지경이었다. 낭독이 끝나 책을 덮고 나자 짧은 침묵 속에 긴 여운이 이어졌다. 임원은 노고를 치하하듯 빙그레 웃었다.

오랜만에 「대성당」을 다시 읽었다. 마치 처음 읽는 작품 같았다. 자신의 제안에 따라 종이와 펜을 구해 와 대성당 그림을 그리기 시작한 화자를 맹인은 이렇게 북돋는다.

"멋지군." 그가 말했다. "끝내줘. 정말 잘하고 있어." 그가 말했다. "자네 인생에 이런 일을 하리라고는 한 번도 생각해보지 못했겠지. 그렇지 않나, 이 사람아? 그러기에 삶이란 희한한 걸세. 잘 알다시피. 계속해. 멈추지 말고."

자동차를 운전하는 직장 상사에게 이 소설을 소리 내 읽어주던 일이 다시금 떠올라 나도 모르게 미소가 지어졌다. 지난날 편집자들과 한잔하며 놀 때면 팔자에 없는 전기수 노릇을 했던 이 일이 생각나 우스갯소리로 들려주곤 했다. 편집자로 살지 않았더라면 상상도 못 했을 일이다. 역시 삶이란 희한한 것이다.

# 만들 수
# 없었던
# 책

마지막으로 부서장 노릇을 했던 때를 떠올리면 부끄러움을 감출 길이 없다. 어쩌자고 그런 자리를 감당할 결심을 했는지 시간을 되돌릴 수 없음이 한스럽다. 그 시절에는 일하는 삶이 암흑 같았다. 배운 것이 없지 않았기에 그후로는 그런 자리를 맡아본 적이 없지만 당시 나를 덮친 상실감은 설명할 길이 없을 만큼 컸다. 의기투합하여 같이 일을 시작한 동료들과 소원해졌고 편집자로서 시야를 넓히며 성장할 기회를 흘려보내고 말았던 것이다.

나는 매사에 터무니없이 이상적이었던 반면 눈앞의 실리에 무관심했다. 막연히 내가 만들고 싶은 책을 만들 수있을 거라 생각했고 같은 팀에서 일하는 편집자들의 생각또한 크게 다르지 않으리라 믿었다. 하지만 그것은 혼자만의 착각이었다. 같은 곳을 바라보고 있다고 여겼던 동료들의 시선은 뿔뿔이 흩어졌고 모두 말이 없어졌다. 점심시간이면 하나둘 자리를 뜨고 나 혼자 남을 때가 많았다. 작지만 오붓했던 사무실은 불편한 적막에 휩싸였다. 서로 맞닿지 못하는 마음들을 하루에도 몇 번씩 확인하게되었다.

나는 바람직하지 않은 선택을 계속했다. 마음이 떠난사람, 마음에 차지 않던 사람, 마음을 짓누르던 사람과 투박하고 미련한 방식으로 헤어졌다. 부서장인 내가 팀을깨버린 것이나 다름없었다. 날마다 나는 스스로에게 낯선사람이 되어가고 있었다. 동료들이 모여 앉아 활기차게일하던 책상에는 먼지만 뽀얗게 쌓여갔다. 사무실에 남은 사람은 이제 막 사회생활을 시작한 신입 편집자와 나뿐이었다. 나의 선택에는 모두 나름의 합리적인 이유가 있었다고 믿었다. 하지만 그것이 누구나 납득할 만한 이유였는지는 알 길이 없었다. 나는 상황을 쇄신할 여력이 없었고 의지를 상실했다.

회사에서 무력한 관리자는 스스로 고립되기 마련이다. 어느새 나는 그런 관리자가 되어 있었다. 기획은 활로를 찾지 못했고 매출은 가파르게 떨어졌다. 나는 하나뿐인 팀원 말고는 회사 사람들과 대화를 나누지 않게 되었다. 도무지 할 말이 없었기에 입을 다물고 지냈다. 점심을 먹으러 가면 으레 낮술을 했다. 술을 잘 마시지 못하는 팀원은 같이 식사할 때면 나 때문에 생고생을 했다. 술기운에 고무장갑처럼 붉어진 얼굴로 그가 다른 부서에 일을 보러 다니는 걸 알면서도 나는 그런가보다 하고 말았다. 지금도 그런 일들을 떠올리면 낯이 뜨거워진다. 나는 어렴풋이 얼마 버티지 못하리라는 걸 알았다. 투명인간처럼, 숙취에 시달리는 유령처럼 회사를 오가는 날들이 이어졌다.

편집자로서 내가 하는 일들 또한 점점 의미를 잃어갔다. 책 만드는 일 따위 지긋지긋했다. 그만 자리를 정리하기로 했다.

그다지 얼굴 볼 일이 없던 대표이사의 부름을 받고 그의 방에 마주 앉은 것은 그즈음이었다. 그는 오랫동안 문학 편집자로 일하다가 회사 경영을 책임지고 있었다. 책상 위에 어느 작가의 산문집 여러 권이 가지런히 쌓여 있었다. 나는 오랜만에 만난 그 책들을 물끄러미 바라보았다. 사회생활을 하기 전부터 여러 번 읽은 책들이었다.

독자로서 나는 그 작가의 글에 침잠할 때가 많았다. 그의 산문은 언제 읽어도 절경이었다. 언제부턴가 그는 소설가로 이름을 떨치고 있었지만 여전히 나는 그가 젊은 시절에 쓴 산문을 가장 아꼈다. 그러한 글이 실린 오래된 책 두어 권을 어렵사리 구해 책장 깊숙한 곳에 보관해두고 가끔 꺼내 읽었다. (아마도 나는 그의 이름을 문학비평가 김현의 유고 일기 『행복한 책읽기』에서 처음 보았을 것이다. 매일같이 독서 일기를 썼던 김현은 그의 글에 대해 이렇게 적고 있다. "그의 글은 거침이 없다. 생각나는 대로 쓰는 것 같으나, 그 생각난 대로 씌어진 것들은 훌륭하게 이음새 없이 붙어 있다." 그 후로 진화에 진화를 거듭한 그의 글을 보았더라면 김현은 과연 뭐라 했을까?) 나는 가끔 더없이 처연한 그의 글에 마음을 기대곤 했다. 그의 글은 세파에 지친 사람이 숨어들어 한 시절 쉴 만한 집과 같았다. 나는 노래방과 주점 등에서 여러 사람들 틈에 섞여 무명의 편집자로 몇 차례 그와 동석했지만 그게 다였다. 그는 뛰어난 문장가였으나 그것은 나와 무관한 일이었다. 그제야 대표이사가 그의 책들을 쌓아놓고 나를 부른 이유가 궁금해졌다.

그는 내게 책을 한 권 만들어보라고 했다. 대책 없이 기울어가는 팀의 미래를 근심하며 어쩌면 이 책이 회생의 계기가 될 거라고 했다. 그가 이어나가는 말들은 온기를 품고 있었고 틀리지 않아서 나는 고개만 끄덕였을 뿐 아무 대꾸도 할 수 없었다. 내 어림으로도 그것은 많이 팔릴 책이었다. 이익을 가져다줄 터였다. 군말 없이 엎드려야 했다. 그동안 이 작가의 책을 도맡아 만들어왔던 선배가 떠올랐다. 그는 오래 재직했던 회사를 나가고 없었다. 한때 나의 부서장이기도 했던 그의 빈자리는 생각보다 빨리 잊혔다. 그가 있었더라면 이 책 역시 그가 만들었을 터였다. 작가에게는 믿을 만한 새 편집자가 필요했다. 하지만 나는 적임자가 아니었다.

하나같이 제목이 근사했던 그의 산문집들은 대부분 같은 출판사에서 나왔다. 한때 사세를 자랑하다 망하고 사라진 곳이었다. 그곳에서 그 책들은 여러 차례 출간되었다. 매번 책의 모양과 값만 달라졌다. 재탕에 삼탕이었다. 나는 그 사실을 또렷하게 기억하고 있었다. 속사정은 알 수 없었지만 짐작하건대 돈 때문에 벌어진 일이었을 것이다. 한국어 산문의 전망을 넓힌 그 책들이 그 순간 내 눈에는 어수선한 장삿속의 부산물처럼 보였다. 대표이사는 그것들을 수습해보자 말하고 있었다. 일껏 살피고 추려 정본定本을 만들자는 것이었다. 듣자 하니 작가가 근래에 쓴 새로운 글 몇 편이 더해질 터였다. 그럴듯한 그림이었다. 그러나 나는 잠시 실망했다. 그 실망은 지극히 사적인 것이어서 입 밖에 내지 않았다. 그 책을 만들겠다고 결국 말하지 못했다. 얼마 뒤 나는 회사를 그만두고 한동안 집에 틀어박혀 있었다.

책을 '다시' 만드는 것은 작금의 편집자에게 흔한 일이다. 나 역시 많은 책을 다시 만들었다. 절판된 책을 되살리기도 했고 특별판 따위를 만들기도 했다. 모두 합리적인 목적과 필요에 따라 이루어진 일이었다. 그리고 어떤 책들은 늘 새로운 독자를 만날 준비가 되어 있다. 편집자는 그들을 위해서 책을 다시 만든다. 하지만 흠모하는 작가가 과거에 여러 번 펴낸 책들 앞에서 나는 그런 생각을 하지 못했다. 그 속에 담긴 글을 '편집'하고 싶지 않았다. 그것은 내가 만들고 싶은 책이 아니었다. 오만이나 치기였다고 생각하지 않는다. 나는 마지막까지 실리에 어둡고 무책임했을 뿐이다. 나는 그런 사람이라 도무지 어쩔 수가 없었다.

그해 가을에 책이 나왔다. 제목부터 세간에 화제가 되었다. 그리고 역시 많이 팔렸다. 새로운 독자들에게 그 책은 새로운 책처럼 읽혔다. 딱히 새 책이 아니라고 할 만한 이유가 없어 보였다. 책장을 넘겨보니 수록된 글들의 원래 제목이 대부분 바뀌어 있었다. 그 또한 허물할 일일까 싶었다. 새로이 책을 내며 과거의 책들과 그곳에 남은 글을 버린다고 작가가 또박또박 일러둔 곳에 눈길이 오래 머물렀다. 새 글 몇 편을 골라 읽다가 이내 그만두고 말았다. 이 책은 에세이를 좋아하는 열정적인 동료가 만들었다. 훗날 그는 이름난 편집자가 되었다.

　그 무렵 나는 라면을 자주 끓여 먹었다.

# 편집
# 후기

'저녁의책'이라는 출판사가 있었다. 이름을 기억하는 사람이 거의 없을 것이다. 에세이, 소설 등 모두 다섯 종의 책을 출간했다. 전부 외국 책이었고 저자들의 이름은 하나같이 생소했다. 그곳에서 나온 얼마 안 되는 책들은 이제 중고서점에서나 구할 수 있다. 보잘것없는 책들은 아니었으나 독자들의 관심을 받지 못하고 재빨리 잊혔다. 출판사의 발행인은 책을 좋아하는 진지한 사람이었지만 애초부터 장사에는 소질이 없었다. 출판사를 그만둔 그는 처음엔 작은 서점을 해보려고 했으나 이내 편집자로 일한 경험을 살려 출판사를 운영하기로 마음을 바꿨다. 그는 책을 내기 위해 여기저기서 적지 않은 돈을 끌어다 썼는데 내는 책마다 팔리지 않아 교정 교열 아르바이트와 몸이 고단한 일을 그만둘 수 없었다. 그래도 빚은 줄어들지 않았다. 팍팍한 생활에 쪼들리던 그는 자신이 출판사를 시작한 이유조차 떠올리지 못할 때가 많았다. 받기로 한 원고가 하나 남아 있었다. 하지만 그는 더 이상 책을 내지 않기로 결심했다. 원고를 쓰기로 한 사람에게 메일로 폐업 사실을 알렸다. 답장은 영영 오지 않았다.

편집자는 가끔 자기가 만든 책에 관한 글을 쓴다. 뭉뚱 그려 '편집 후기'라고 부를 수 있는 글이다. 최근에 알게 되었는데 이 말은 표준국어대사전에도 표제어로 올라 있다. "편집을 마친 후, 편집의 과정·감상·계획·비평 따위를 단편적으로 간단히 적은 글"이라고 한다. 실제로 편집자들이 쓰는 편집 후기를 살펴보면 적절한 풀이로 보인

편집 후기

다. 편집자가 가장 흔히 쓰는 글은 아마도 보도 자료일 텐데, 그런 글에 비하면 편집 후기는 정해진 형식도, 관리자의 검열도 없기에 비교적 자유롭게 쓸 수 있다. 편집자가 책 속에 숨지 않고 조금이나마 자신을 드러낼 수 있는 글이다. 한 권의 책을 만들어가는 동안 겪었던 다양한 일을 흥미진진하게 풀어낸 편집 후기에서는 같은 일을 하는 사람으로서 느끼고 배우는 바 또한 적지 않다. 경력과 필력이 남다른 편집자의 글은 두고두고 여러 번 읽기도 한다. 자기 글을 쓰는 편집자가 많지 않으니 편집 후기 같은 글을 통해서나마 좀처럼 드러나지 않는 편집자들의 개성을 엿보려 애쓴다.

나는 책에 관한 글을 쓰는 일을 좋아했다. 원고료가 있든 없든 공적인 지면이 주어지면 책을 만들 때만큼이나 나름대로 최선을 다해 내가 편집한 책, 나아가 내가 하는 일에 대해 열심을 다해 쓰곤 했다. (물론 내가 만드는 모든 책에 똑같은 애정을 쏟지는 못했다. 사람은 기계가 아니기에 어쩔 수 없는 일이었다. 편집자에게는 '안 아픈 손가락'도 많다. 더불어 편집자가 책을 만드는 과정을 여성의 출산에 비유하는 말을 종종 들어왔는데 나는 그 말에 전혀 공감하지 못한다. 오히려 터무니없는 호들갑이라고 생각한다.) 정성을 다해 만든 책에 대해서는 편집자로서 작은 흔적을 남기고 싶기도 했다. 비록 알아주는 사람이 없을지라도 언제가 되었든 그 책을 기억할 수 있게 해주는 나만의 표식 같은 것을 내가 만든 책에 남겨두고 싶었다. 편집 후기라는 글이 내게는 그런 표식 같은 것이었는지도 모르겠다. 가끔 생각이 나서 내가 쓴 글을 찾아보거나 어쩌다 우연히 읽게 될 때면 책이 출간되기까지의 소소한 내력을 그런 방식으로나마 기록해두길 잘했다는 생각이 들곤 했다.

저녁의책 발행인이 처음으로 출간한 책의 제목은 '어쩌면 이것이 카프카'였다. 그는 프란츠 카프카를 좋아했고, 카프카가 쓴 책을 좋아했고, 카프카(의 책)에 관한 책 또한 좋아했다. 하지만 그보다도 그가 이 책을 출판사의 첫 책으로 출간하게 된 데에는 나름의 전사前史가 있었다. 과거에 그는 어떤 출판사에서 한 권의 더없이 근사한 책을 만들었다. 『1913년 세기의 여름』이라는 책이었다. 그 책을 만들면서 그는 좋아하지만 잘 몰랐던 카프카에 관한 이야기를 아주 많이 접하게 되었다. 카프카를 다시 발견한 순간들이었다. 그는 그 이야기를 마음속에 소중히 간직해두었다. 훗날 출판사 발행인이 되었을 때 그의 머릿속에는 가장 먼저 그 이야기가 떠올랐다. 어느 날 저녁 그는 한잔하고 돌아와 페이스북에 카프카에 관한 책을 낸 출판인의 기쁨에 대해 짧은 메모를 남겼다. 첫 책『어쩌면 이것이 카프카』를 막 출간하고 난 뒤였다. 이 메모는 나중에 한 편의 글, 그러니까 편집 후기가 되었다.

플로리안 일리스의 『1913년 세기의 여름』은 언제 읽어도 흥미로운 책이다. 수많은 사료를 정교하게 편집하여 20세기 유럽의 문화사와 지성사를 옴니버스 드라마처럼 써 내려간다. 책 속에 등장하는 인물은 무려 300명이 넘는데 그중 프란츠 카프카는 큰 비중을 차지한다. 책 속에서 그는 세상에서 가장 길고 가장 우유부단한 연애편지를 쓰는 인물이다. 편지의 수신자는 카프카와 두 번 약혼하고 두 번 파혼한 펠리체 바우어. 카프카는 끊임없이 칭얼대고 걸핏하면 말을 바꾼다. 카프카를 대하는 저자의 시선은 때로는 조롱 같고 때로는 연민 같다. 찌질하기 짝이 없는 카프카의 연애는 가히 문제적이다. 독자로서 빠져들지 않을 수 없는 이야기다. 나는 이 책의 편집자였고, 책을 만드는 내내 이런 카프카가 각별했다.

뉴디렉션스New Directions는 내가 좋아하는 미국의 출판사다. 이 출판사에서는 영어권 책들뿐만 아니라 유럽과 남아메리카, 아시아의 책들 또한 꾸준히 번역 출간한다. 주로 현대의 고전이라 불릴 만한 문학서인데, 일관성이 엿보이는 도서 목록이 이 출판사의 뚜렷한 색깔과 지향점을 잘 보여준다. 접근할 수 있는 언어에 제한이 있는 편집자로서는 이런 출판사에서 펴내는 책들을 살펴보는 것만으로도 기획에 필요한 많은 정보를 얻을 수 있다. 『어쩌면 이것이 카프카』의 영어판 또한 뉴디렉션스에서 출간되었다. 제목은 'Is that Kafka?'. 단순하지만 강렬한 표지에 얹힌 제목이 궁금증을 불러일으켰다. 원저는 2013년 독일 피셔Fischer 출판사에서 나온 『이 사람이 카프카라고? *Ist das Kafka?*』라는 책이었다(『1913년 세기의 여름』 또한 비슷한 시기에 같은 출판사에서 출간되었는데 나는 그 사실을 뒤늦게 알았다). 리뷰를 훑어보니 책의 내용이 흥미진진했다. 카프카를 좋아하는 독자라면 관심을 가질 만한 이야기로 가득한 책이었다. 방대한 카프카 전기를 쓴 저자의 이력 또한 책에 대한 신뢰감을 더해주었다. 전문적인 검토를 거친 뒤 바로 판권 계약을 맺었다.

일기, 편지, 엽서, 사진, 노트 등 얼핏 보면 시시콜콜하고 지엽적인 자료들 속에서 재발견하게 되는 카프카의 면모는 그 자체로 매우 문학적이다. 책에 실린 99편의 짧은 글들을 읽다보면 카프카가 자신의 길지 않은 삶 자체를 하나의 문학작품으로 완성하기 위해 고군분투했다는 생각이 든다. 카프카의 작품을 읽어본 적이 없더라도 이 책을 나름대로 유의미하게 읽을 수 있는 이유가 여기에 있다. 물론 카프카를 깊이 사랑하는 독자들에게 이 책은 축

복이나 다름없을 것이다.

　『1913년 세기의 여름』의 '감사의 말'에서 저자는 책을
쓰는 데 도움을 준 몇몇 사람의 이름을 언급한다. "프란
츠 카프카에 관해서는 라이너 슈타흐에게 감사한다"라는
구절에 주목하자. 라이너 슈타흐는 바로『어쩌면 이것이
카프카』의 저자이기 때문이다. 나는 이 사실 또한 뒤늦게
알았다. 아무래도 이 책은 내가 만들어 펴낼 운명이었나
보다.


　저녁의책은 2016년 4월 1일 문을 열었고, 2020년 1월
31일 간판을 내렸다. 저녁의책에서 출간한 책 다섯 종은
각각 초판 2000부를 찍었다. 첫 책『어쩌면 이것이 카프
카』는 제작 사고가 나서(면지가 누락되었다) 2000부를 다
버리고 다시 2000부를 찍었다. 제작을 맡아주었던 분이
다시 찍은 돈을 전부 물었다. 모두 합해 1만 부 넘게 제작
했는데 단 한 종도 초판을 다 팔지 못했다. 출판사가 망했
을 때 발행인은 물류 창고에 전화를 걸어 쌓여 있는 재고

를 폐기해달라고 요청했다. 세상 무서운 줄 모르고 한 번
도 가보지 못한 나라에서 태어나 오래 살지도 못하고 죽
은 카프카 같은 작가를 좋아했던 그는 빚더미에 올라앉았
다. 남은 것은 그가 쓴 편집 후기뿐.

2부

# 왜
# 묻지를
# 못하니

나는 기계치다. 자주 사용하는 얼마 안 되는 기계도 그 작동 원리를 명확히 이해하지 못할 때가 많다. 일안 반사식 카메라와 일렉트릭 기타가 대표적이다. 나는 그럭저럭 사진을 찍고 음악도 연주할 수 있지만 그것을 가능하게 해주는 물건들의 메커니즘에 대해서는 까막눈이다. 기계는 고장이 잘 난다. 그럼 꼼짝없이 남의 손을 빌려야 하고 아까운 돈을 치러야 한다. 한번은 기계식 시계를 모으는 것이 취미인 선배에게 시계 밥 주는 방법에 관한 설명을 듣다가 이해하기를 포기하고 말았다. 내가 타고 다니는 자동차에 오토 라이트 컨트롤 기능이 있다는 것을 나는 얼마 전에야 알게 되었다.

공군 전투 비행단에서 군복무를 했다. 어떻게 운용되는지 짐작조차 할 수 없는 무시무시하게 생긴 기계들로 가득한 레이더 접근 관제소RAPCON, Radar Approach Control가 내가 국방의 의무를 이행한 곳이었다. 상공에 떠 있는 항공기가 손톱 조반월爪半月처럼 보이는 시커먼 모니터 앞에 앉아 헤드셋을 쓰고 전투기 조종사들과 항공교통 관제사들이 교신하는 내용을 규범에 따라 알파벳과 숫자로 기록하는 것이 내가 날마다 한 일이었다. 군 생활을 하는 내내나는 사흘에 한 번씩 심야에도 절대로 쉬지 않고 작동하는 기계들 아래 누워 그것들이 내는 불쾌하기 짝이 없는 소음을 들으며 쪽잠을 잤다. 내가 가장 싫어한 곳은 보일러실이었다. 기계로 둘러싸인 공간에서 이루어지는 낯선 일들에 좀처럼 적응하지 못한 초년병 시절에 나는 두어 번 그곳으로 조용히 끌려갔다. 보일러실의 문이 닫히고 나면 사람도 기계처럼 보였다. 나 같은 기계치가 어떻게 그런 곳에서 복무를 마치고 집으로 돌아올 수 있었는지 여전히 모르겠다.

일을 할 때 내가 꺼리는 기계는 사무실에 보통 비치되어 있는 프린터, 팩스기, 전화기 따위다. 가끔은 데스크톱 컴퓨터 본체와 모니터 등도 포함된다(최근에 추가된 기계는 얼음 정수기와 커피 머신이다). 나는 그 기계들이 낯을 가린다고 생각할 때가 많다. 특히 회사를 옮길 때면 그런 생각이 확신으로 바뀌곤 한다. 새 직장에 출근하면 사람들과 빠르고 순조롭게 관계를 맺는 것이 급선무다. 더불어 각종 기계들과도 안면을 터야 한다. 하지만 기계들은 어리숙한 신참을 귀신같이 알아보는 듯 대개 점잖아 보이는 동료들과는 달리 호된 신고식을 거행할 때가 많다.

이직한 지 며칠 되지 않은 회사에서 문서를 출력할 일이 있었다. 편집부에는 프린터, 복사기, 스캐너 등이 하나로 합쳐진 커다란 복합기 한 대가 놓여 있었다. 한글 파일의 인쇄 버튼을 클릭했는데 한참을 기다려도 문서가 출력되는 소리가 들리지 않았다. 왠지 불길한 예감이 들었다(과거에도 비슷한 상황을 몇 번 겪었다). 인쇄 버튼을 다시한번 클릭했다. 하지만 복합기는 작동하지 않았다. 사무실은 지나칠 만큼 조용했다. 적막강산이 따로 없었다. 가만히 자리에서 일어나 복합기 쪽으로 걸어가는데 이미 목덜미엔 식은땀이 맺혔다. 복합기는 마치 나를 비웃고 있는 듯했다. 이리저리 들여다보고 만져보았지만 요지부동이었다. 사람들의 숨소리까지 들릴 듯 고요한 사무실 한구석에서 나는 텃세를 부리는 복합기와 무언의 악전고투를 벌이고 있었다. 내게 관심을 갖는 사람은 아무도 없었다. 슬슬 짜증이 치밀다가 애써 분노를 억눌러야 하는 지경에 이르고 말았다. 족히 십 분은 그러고 있었을 것이다. 할 수 없이 이제는 결단을 내려야 했다. 아마도 나는 붉게 상기된 얼굴로 가까운 곳에 있던 아직은 데면데면한 동료에게 쭈뼛쭈뼛 도움을 청했을 것이다. 그는 아리송한 표정을 지으며 나를 환난에 빠뜨린 어이없는 문제를 금세 해결해주었을 것이다. 한낱 기계 따위에 모진 굴욕을 당한 건 묻지 않았기 때문이었다.

일을 하는 곳에서는 모르는 게 있으면 얼른 알 만한 사람을 찾아 답을 구하는 것이 상식이다. 묻지 않고는 몰라서 맞닥뜨린 문제를 해결할 수도 없고 거기서 벗어날 수도 없다. 하지만 나는 좀처럼 그러지를 못했다. 어떻게든 혼자 해보려고(사실은 어떻게든 되겠지 하며) 문제를 해결할 수 있는 방법을 아무에게도 묻지 않았던 것이다. 도대체 왜 그랬을까? 자신이 모르는 것이 자신만 모르는 것이라고 판단한 사람은 어지간해서는 남에게 도움을 청하지 않는 것 같다. 적어도 나는 그랬다. 복합기가 문서를 뱉어내지 않는 이유를 모르는 사람은 나만 빼고 아무도 없는 것 같은데 어떻게 이걸 다른 사람한테 물어본단 말인가.

팩스로 사업자등록증을 보내달라고 하는 거래 업체의 전화를 받는다. 나는 사무실을 둘러보고 소리를 낮춰 물어본다. "저기, 혹시 이메일로 보내면 안 될까요?" 하지만 상대는 분주한 듯 얼른 팩스로 보내달라고 하고 전화를 끊어버린다. 어쩔 수 없다. 팩스를 보내려면 관리부에 가야 한다. 관리부장 자리에 가서 사업자등록증 사본이 들어 있는 파일을 뒤적인다. 사업자등록증 사본을 손에 들고 팩스기 앞에 선다. 팩스 번호 앞에 지역 번호를 넣어야 하는지 넣지 않아도 되는지 갑자기 생각나지 않는다. 필사적으로 기억을 더듬다가 지역 번호를 붙이는 게 확실하다는 결론에 도달한다. 안도의 한숨을 내쉬며 팩스를 보내고 사업자등록증을 원래 있던 곳에 곱게 가져다놓고 내 자리로 돌아온다. 그런데 잠시 뒤 업체에서 다시 전화가 온다. 팩스를 못 받았다고 한다. 분명히 보냈다고 하자 팩스에 아무 내용이 없다고 한다. 용지를 뒤집어서 보냈다는 것을 깨닫는다. 꼼짝없이 관리부에 가서 조금 전에 했던 일을 되풀이해야 한다. 절망적이다. 애초에 관리부 직원에게 물어봤더라면 좋았을 것을. 하지만 팩스 보내는 법을 모르는 사람은 나 하나뿐인 것 같아서 그러지 못했다.

회사마다 사무실에서 사용하는 전화기가 제각각이다. 다른 사람에게 전화를 돌리는 법도 조금씩 다르다. 이직을 하면 전에 쓰던 전화기와 다르게 생긴 전화기를 써야 할 때가 많다. 전화기 사용법은 사무실 동료 누구에게든 잠깐만 물어보면 금방 알 수 있다. 하지만 나 같은 사람은 아무에게도 물어보지 않는다. 이윽고 다른 자리로 걸려 온 전화를 당겨 받아야 하는 상황을 맞닥뜨린다. 부재중이라 하고 전화를 끊으려던 찰나 자리를 비웠던 사람이 눈앞에 나타난다. 그에게 바로 전화를 돌려주어야 한다. 확인한 내선 번호를 누르고 별표를 누른다. 전화가 돌아가지 않는다. 이번에는 별표를 먼저 누르고 내선 번호를 눌러본다. 이번에도 안 돌아간다. 수화기 너머에서 감지되는 상대의 호흡에서 미세하게 이상 기미가 느껴진다. 이번만큼은 제발 돌아가길 바라며 별표를 누르고 내선 번호를 누른 뒤 별표를 한 번 더 누른다. 그러나 간절히 희망하던 일은 이번에도 일어나지 않는다. 전화를 걸어 온 사람이 짜증 섞인 한숨을 내쉰다. 저기요, 됐어요, 다시 걸게요, 하고 수화기를 쾅 내려놓는다. 당최 모르겠다. 왜 전화 돌리는 법을 묻지 않았는지.

어떤 직장에서는 부서 이동을 하면서, 갑자기 ERP(전사적 자원 관리) 시스템을 사용하게 되었다(이것은 기계가 아니지만 왠지 기계처럼 느껴진다). 과거에 다녔던 회사에서 한 차례 사용해본 적이 있지만 전혀 기억나지 않았다. 기억하고 있다 해도 쓸데가 없었을 터였다. 회사마다 사용하는 시스템이 다르기 때문이다. ERP는 주로 계약, 제작, 재고 관리 업무에 활용된다. 복잡해 보이긴 해도 실무를 하며 몇 번 사용하다보면 곧 익숙해질 거라 생각했다. 하지만 내 생각은 틀렸다. 나는 좀처럼 그 시스템에 적응하지 못하고 중요한 사항들을 놓쳐 다른 부서에 자주 민폐를 끼쳤다. 나는 점점 ERP라는 것을 꺼리게 되었다. 옆자리 동료는 신입 사원이었다. 그는 ERP 사용법을 비롯해 해당 부서에서 일하는 편집자들이 알아둬야 할 일들을 사소한 것부터 꼼꼼히 가르쳐주었다. 그는 내가 뭔가를 하려고 할 때면 언제나 호의적으로 물었다. "혹시 어떻게 하는지 아세요?" 실은 내가 먼저 그에게 물어야 했다. "어떻게 하는 거예요?"

얼마간 같이 일했던 눈치 빠른 선배는 지나가듯 내게 물었다. "혹시 질문하는 걸 두려워하는 병이 있나?" 뜨끔했지만 짐짓 그렇지 않다고 서둘러 답했다. 정곡을 찌른 질문이었다. 편집자가 되기 전부터도 나는 묻는 것을 두려워하던 사람이었다. 모르는 것은 당연히 묻고, 아는 것도 거듭 물었더라면 나는 좀 더 당당한 편집자가 되지 않았을지.

어떤 일을 처음 시작한 사람은 모르는 게 많아도 부끄러워할 필요가 없다. 모르는 게 많은 것은 당연한 일이기 때문이다. 다만 질문하는 걸 두려워해서는 안 된다. 일의 세계에서도 모르는 채로 넘어간 것은 절대로 자기 것이 되지 않는다. 모쪼록 일을 하면서 모르는 것이 있으면 알 만한 사람들에게 거침없이 물었으면 좋겠다. 답을 얻어 반드시 자기 것으로 만들어두자.

# 마음을
# 걸듯

오래전 일이다. 첫 직장을 그만두고 얼마 안 되어서 마포구 서교동에 있는 어느 작은 출판사에 면접을 보러 갔다. 1층은 아니고 0.7층쯤 되는 곳이 사무실이었다. 낡은 탁자를 가운데 두고 출판사 사장님과 마주 앉았다. 커다란 소파는 푹신했고 사무실 분위기가 낯선 사람을 경계하지 않는 듯해서 바짝 졸아붙었던 마음이 슬그머니 풀어졌다.

사실 나는 그와 아는 사이였다. 첫 직장에서 내가 편집을 진행했던 어느 소설집에 그가 해설을 써주었던 것이다. 그는 출판사를 운영하는 편집자이자 문학비평가이기도 했다. 그는 전화로 해설 원고의 교정 사항을 하나하나 짚으면서, 이를테면 큰따옴표로 묶인 문장 속에 다시 큰따옴표로 묶어야 할 말이 나올 때는 큰따옴표로 묶지 말고 작은따옴표로 묶어야 한다는 것 등을 새내기 편집자인 내게 느릿한 말투로 자상하게 가르쳐주었다. 그는 나의 첫 직장에서 편집국장으로 일한 적이 있었다.

맞은편에 앉은 그는 더없이 선해 보이는 커다란 눈을 끔뻑끔뻑하면서 연신 담배만 태울 뿐 한동안 말이 없었다. 뭔가 수줍어하는 사람처럼 보이기도 했다. 나는 몸을 숙이고 누군가 타다준 커피를 홀짝이며 그가 먼저 말을 건네주기를 기다렸다. 그가 편하게 권해서 담배를 한두 개비 피웠던 것 같기도 하다.

그 무렵 나는 하루하루를 근심과 걱정 속에 보내고 있었다. 무엇을 하면서 살아야 할지 도통 알 수가 없었다. 세상에 과연 나의 자리가 있을까 싶었다. 어지러운 마음을 들여다보는 일에도 진력이 났다. 책을 좋아하는 마음에는 변함이 없었지만 그저 책 읽는 일을 좋아하는 것인지, 아니면 책 만드는 일 또한 좋아하는 것인지 불분명했다. 어렵사리 들어간 첫 직장을 다소 충동적으로 그만둔 것도 그런 근심과 걱정에서 비롯된 일이었다. 살날이 쇠털 같고 앞길이 구만리 같은 젊은 놈이 폭삭 늙어버린 얼굴로 방구석에 틀어박혀 허송세월을 했다.

한편으로 백수 생활의 불안감은 점점 극을 향해 가고 있었다. 나는 편집자라는 직업에 대한 손에 잡히는 확신도 없이 또다시 출판사 문을 두드려보기로 했다. 그러다 그날 그곳에서 면접을 보게 되었던 것이다. 그는 나의 입사 지원 서류를 훑어본 뒤 자신이 한때 재직했던 회사의 후배 편집자(나의 전 팀장이었다)에게 연락해 나에 대한 이런저런 이야기를 들은 모양이었다(자신의 몇 차례 만류를 뿌리치고 퇴사한 나에 대해 전 팀장이 좋은 말을 많이 해주었다는 것을 나중에 알게 되었다).

이윽고 그가 자못 진지해 보이면서도 쑥스러워하는 듯한 표정으로 말문을 열었다. 당신이 어떤 사람인지 보려고 불렀다 생각하지 마라, 당신이 우리 회사가 어떤지 한번 보러 왔다고 생각해라, 이런 이상한 말을 하면서 그는 희끗희끗한 머리칼을 쓸어 올리며 자신의 일터를 두어 번 둘러보았다. 나는 그의 말에 난처하고 민망해져 아무 대꾸도 못 하고 고개를 숙였다. 그는 잠시 뒤 자신이 생각해둔 연봉을 말해주었다. 내 처지에서는 많지도 적지도 않은 액수였던 것으로 기억한다. 나는 차마 그의 얼굴을 똑바로 쳐다보지 못하고 그저 네, 네, 하고는 얼마간 더 앉아 있다가 공손히 인사를 하고 사무실을 나왔다. 그게 다였다.

내게 중요한 것은 돈이 아니라는 것을 그와 마주 앉았던 자리에서 깨달았다. 나는 일할 회사가 아니라 내가 할 일을 먼저 찾아야 했다. 그의 귀중한 시간을 어이없게 빼앗은 것만 같아 미안쩍었다.

당시 나는 인천에 살고 있었다. 얼마간 서울 시내에 있는 대학을 다녔지만 여전히 서울은 내게 서먹한 곳이었

다. 환한 대낮에 나는 딱히 어디로 갈 생각도 못 하고 무턱
대고 걸었다. 그 시간에 연락해 만날 사람도 딱히 없었다.
계절에 맞지 않는 오래된 양복 재킷을 벗어 들고 터벅터
벅 골목길을 걷고 있는데 속주머니 속에서 휴대폰이 울렸
다. 서울 지역 번호가 찍혀 있었다. 통화 버튼을 누르고 여
보세요, 하니 조금 전까지 한자리에 앉아 있었던 사람의
목소리가 들려왔다. 나는 멈춰 서서 다시 네, 네, 하며 무
슨 일인지 조심스레 물었다. 그분은 머뭇머뭇하다가 아까
당신이 제시했던 연봉에다 백만 원을 더 얹어주겠다고 말
했다. 급여가 마음에 차지 않아 내가 그 자리에서 결정을
내리지 못했던 거라고 짐작한 듯했다. 그의 말을 듣고 나
는 그에게 아예 죄지은 기분이 들고 말았다. 나는 그런 대
접을 받을 만한 사람이 아니었다.

어물쩍 통화를 마쳤다. 그에게 뭐라고 말했는지 잘 기
억나지 않는다. 감사합니다, 생각해보겠습니다, 다시 연락
드리겠습니다, 아마 이런 말들 아니었을까. 내심 실망한
그의 얼굴이 눈앞에 그려지는 듯했다. 나는 정처 없이 계

속 걸었다. 죄책감도 자괴감도 분노도 실망도 아닌 뭐라이름 붙일 수 없는 감정들이 한꺼번에 밀려들었다. 나라는 사람이 너무 싫어서 견딜 수가 없었다. 앞으로 나는 실패에 실패를 거듭할 게 분명하다는 불길한 예감에 사로잡혔다.

나는 그에게 연락하지 않았다. 그리고 세상 앞에 무릎 꿇는 심정으로 얼마 뒤 다른 출판사에 들어가 하던 일을 다시 시작했다. 문학 출판 행사가 열리는 곳에 가면 가끔 그를 먼발치에서 보았다. 하지만 한 번도 먼저 다가가 반갑게 인사할 수 없었다. 여전히 부끄러웠다.

그때 백만 원은 그에게 적지 않은 돈이었을 것이다. 아마도 몇 번을 고민한 끝에 큰맘 먹고 전화기를 들었을 것이다. 사람을 돈으로 붙잡아야 하는 사정 또한 마음에 편치 않았으리라. 나는 삶의 두서를 잡지 못해 그런 마음도 읽지 못했다. 철없던 시절의 일로 넘겨버리고 싶지만 그렇게 잘 안 된다. 그가 잠시 내밀어준 따뜻한 손 때문이다.

그로부터 십여 년이 흐른 뒤 장마철의 어느 날, 나는 어떤 책 한 권을 펼쳐 들게 되었다. 그것은 단정하고 아담하게 꾸며진 산문집이었는데 책장을 넘길 때마다 은은하게 차향이 나는 것 같았다. 나는 연일 빗소리를 들으며 좁지만 아늑한 마룻바닥에 누워 마음 가는 대로 책을 읽다가 설핏 잠이 들기도 했다. 나는 그가 작고 낮은 목소리로 들려주는 이런저런 문학과 영화 이야기에 잠시나마 근심과 걱정을 잊었다. 그리고 용기 내 그에게 감사의 악수를 청하는 장면을 떠올렸다. 마음을 걸듯.

# 어떤 겨울의
# 끝자락

망해버린 출판사는 감당하기 어려운 빚을 남겼다. 은행에서 대출금 상환을 통보하는 전화가 걸려오기 시작했다. 한겨울이었다. 가난한 마음은 생의 한파에 속수무책이었다. 빚을 갚으려면 신세한탄이나 하고 앉아 있을 수 없었다. 내가 떠올릴 수 있는 방법은 다시 직장에 들어가 월급을 받는 것뿐이었다. 부랴부랴 몇몇 출판사에 서류를 보냈지만 연락 오는 곳이 없었다. 그때도 나는 이미 편집자로서 적은 나이가 아니었던 것이다. 그러다 한 회사에서 면접을 보러 오라는 문자를 받았다. 사장이 직접 보낸 것이었다. 서양철학의 고전들을 펴내는 출판사였다. 인문교양서 편집자(팀장)를 구한다는 공고를 보고 지원한 곳이었다. 그동안 내가 만들어온 책들과 부서장 경험이 어느 정도 어필이 된 모양이었다.

오랜만에 파주로 차를 몰았다. 출판도시의 겨울은 언제나 그렇듯 을씨년스러웠다. 모노톤의 사옥은 삭막해 보였다. 엘리베이터를 타고 올라가 사무실에 들어섰다. 내부가 한눈에 들어왔다. 빈자리가 많이 보였고 이제 막 집기가 채워지기 시작한 공간처럼 어딘가 모르게 어수선했다. 오래 묵은 종이 냄새가 은은히 배어 있는 출판사 특유의 분위기가 느껴지지 않았다. 얼마간 멀뚱히 서 있다가 누군가와 눈이 마주쳐 재빨리 다가가 용건을 이야기했다. 그제야 사장의 방으로 안내를 받았다.

그는 내가 보낸 이력서와 자기소개서를 들여다보고 있었다. 그와 나는 널찍한 테이블에 마주 앉았다. 그는 들고 있던 나의 입사 지원 서류를 앞에 내려놓았다. 작은 글씨로 써놓은 숫자들이 눈에 들어왔다. 내가 그동안 회사에 다니며 일했던 기간을 월 단위로 세어본 모양이었다. 면접을 준비하면서 이 출판사에 대해 조금 더 알아본바 그는 과거에 내로라하는 대기업에서 중역으로 근무했던 사람이었다. 그가 어쩌다가 칸트와 니체 같은 사상가들의 저작을 펴내는 소규모 출판사를 운영하게 되었는지는 알 수 없었다.

인상적이었던 것은 그의 옷차림새였다. 그는 위아래 한 벌로 보이는 검은색 추리닝을 입고 있었다. 중요한 일전을 앞두고 체중 감량에 매진하는 격투기 선수들이 입는 땀복 같아 보였다. 추리닝 차림으로 출근한 출판사 사장은 그때껏 본 적이 없었다. 팔짱을 낀 그는 입가에 미소를 짓고 있었지만 눈빛은 건조하고 차가웠다.

이윽고 그는 인터폰으로 누군가를 호출했다. 이내 당도한 어떤 사람이 사장 옆자리에 앉았다. 사장은 옆에 앉은 사람을 가리키며 자신의 스승이라고 했다. 그 사람은 명함을 내밀며 자신을 편집자라고 소개했다. 그동안 업계에서 내가 만났던 편집자들과 너무나도 이질적인 인상이어서 조금 전 추리닝 차림의 사장을 마주했을 때와 같이 기분이 묘했다. 대표의 스승이라는 사람은 어딘지 불안해 보이는 작은 눈으로 말없이 나를 건너다보았다. 사장이 이런저런 질문들을 이어갔다. 출간 분야를 확장하고 싶은데 쓸 만한 저자를 잡지 못해 답답해하는 듯했다. 나보다는 내가 만들었던 책의 저자들 중 몇몇에게 관심이 많아 보였다.

아무 회사에서 같이 작업했던 아무개나 아무개의 원고를 받아 올 수 있나?

그는 대놓고 물었다. 나의 솔직한 답변에 앞에 앉은 두 남자는 실망을 감추지 못하는 눈치였다. 그때부터 사장은 서류에 드러나 있지 않은 나의 약점들을 용케 찾아내 내 입으로 그것들을 인정하게끔 몰아가기 시작했다. 모종의 포석인가 싶었다.

이 회사에서는 어떻게 이렇게 빨리 팀장이 되었나?
(능력으로 올라간 자리가 아닌 것 같아.)

언제가 본인의 전성기였다고 생각하나?
(적어도 지금이 전성기는 아니라는 건 알겠지?)

나는 급속도로 위축되었고 그곳에 오는 동안 가졌던 일말의 기대감이 사그라지는 것을 느꼈다. 사장 옆에 삐뚜름히 앉아 있는 머리가 홀랑 벗어진 남자의 시선 또한 점점 불편해졌다. 테이블 위로 어색한 침묵이 흐르는 시간이 길어지고 있었다. 사장은 미소를 잃지 않은 채로 궁금한 것이 없느냐고 했다. 이 팀에서는 몇 명이 같이 일하느냐고 물었다. 사장은 잠깐 고개를 돌려 제 스승의 얼굴을 보았는데 그는 슬그머니 눈길을 피했다. 사장은 이내 별 같잖은 걸 궁금해한다는 표정으로 입을 열었다.

없어요. 성과가 나올 때까지는 혼자 일해야지.

어쩌다 그런 관계를 맺게 되었는지 모를 스승과 제자의 어깨 너머 커다란 통유리에 담긴 바깥 풍경은 어쩌면 그리도 메마르고 스산해 보이던지. 대화에는 더 이상 유의미한 진전이 없었다. 나는 그만 집으로 돌아가고 싶었다. 그만 가자, 하며 옷깃을 여미는데 사장이 지금껏 꾹 참아왔다는 듯 의미심장하게 입을 열었다. 그의 대머리 스승은 초조해 보이는 작은 눈을 가늘게 떴다.

⋯⋯혹시 희망하는 연봉이 얼마인가?

그러고 보니 연봉 이야기를 하지 않았다. 세상 모든 을들에게 가장 중요한 이야기를 세상 모든 갑들은 가장 나중에 한다. 긴가민가하지만 일을 시켜보고 싶기는 했던 모양이다. 얼마를 부르나 보자 하는 표정들이었다. 나는 몇 년 전 그만둔 출판사에서 마지막으로 받았던 연봉에다 일부러 약간의 액수를 더했다. 스승과 제자는 내 대답을 듣고 거의 동시에 눈꼬리를 치켜올렸다. 사장은 미간을 찌푸리며 짧게 신음했다. 그의 스승은 고개를 젖히며 눈을 질끈 감았다.

……진작 좀 말해주지 그랬나.

이래저래 번지수를 잘못 찾아온 내가 한심스러웠다. 전성기가 한참 지난 배우들이 출연하는 막장 드라마의 우스꽝스러운 단역이 된 듯했다. 미소가 사라진 사장의 얼굴에는 안녕이라고 쓰여 있었다. 그의 스승은 상한 음식이라도 삼킨 사람 같았다. 등 뒤에서 추리닝이 바스락거리는 소리가 들렸다.

실은 별다를 것도 없는 면접이었다. 다만 그때 내 마음만 별달랐을 뿐. 자유로를 타고 서울로 돌아오면서 나는 앞으로 약점을 감출 줄 아는 사람이 되어야겠다고 부질없이 되뇌었다. 전 직장에서 받았던 연봉 따위는 그만 머릿

속에서 지워버리기로 했다. 빚을 다 갚으려면 오랜 시간이 걸릴 터였다. 빚이고 시간이고 모두 오롯이 내가 감내해야 할 것들이었다. 차창을 내리자 매서운 강바람이 밀려 들어와 버석버석한 얼굴을 사정없이 할퀴어댔다. 얼른 봄이 오면 좋겠다 싶었다. 호의인지 동정인지 알 수 없는 사람들의 말에는 더 이상 관심을 갖지 않기로 했다. 그 겨울의 끝자락에 나는 가까스로 다시 월급 받는 편집자가 되었다.

편집 후기

# 자기라는
# 이름의
# 희망

　이직을 자주 했기에 자기소개서도 여러 번 썼다. 일일이 보관해두지는 않았다. 편집자가 되어보려고 맨 처음 썼던 자기소개서만은 꽤 오랫동안 갖고 있었다. 지금은 찾을 수 없다. 한글 프로그램으로 작성한 일고여덟 쪽짜리 글이었다. 나는 그 글에 문학과 책에 대한 이야기를 잔뜩 썼다. 내가 사랑한 도서관들과 그곳에서 심취해 읽었던 작가들의 책에 대해, 책이라는 사물이 내게 갖는 특별한 의미와 내가 그것을 예찬해 마지않는 이유에 관해, 그리고 지성과 문화의 세계에 몸담고 싶다는 바람 따위에 대해 스물여덟 살의 나는 누군가에게 편지를 쓰듯, 혹은 일기를 쓰듯 열심히, 간절하게 적었다. 그런 식으로밖에는 나를 소개할 길이 없었다. 이렇게 쓴 자기소개서를 몇몇 출판사에 무턱대고 보냈다. 그리고 그중 한 곳에서 나는 편집자로 일을 시작하게 되었다. 가끔 그 글을 다시 읽어보고 싶을 때가 있다. 이런 자기소개서는 한 번밖에 쓸 수 없다.

서너 해 전에 마지막으로 썼던 자기소개서 파일은 아직 남아 있다. 읽어보면 짧지 않은 시간 동안 편집자로서 밟아온 어쭙잖은 궤적이 한눈에 들어온다. 여러 출판사의 이름과 그곳에서 만들었던 책, 만났던 사람들, 이룬 것과 이루지 못한 것, 미래의 목표와 계획 따위가 나름대로 단정하게, 하지만 무미건조하게 기술되어 있다. 항상 내 편이었던 것만은 아닌 시간들에 대한 회한도 얼마간 묻어 있다. 그러나 여기서도 희망만은 엿보인다. '나는 일하고 싶다'라는 희망. 이 자기소개서도 언젠가는 찾을 수 없어질 것이다.

자기소개서를 자주 쓰고 싶어 하는 직장인이 있을까? 나로서는 상상할 수 없다. 예전에 일했던 회사에서 자기소개서 따위를 쓰기 싫어 이직은 아예 생각지도 않는다고 말하는 사람을 본 적이 있다. 새로 입사한 직원들은 그에게 자기소개서를 포함한 각종 서류를 제출해야 했다. 그는 관리부장이었던 것이다. 직장을 옮겨본 경험이 있는 사람들이라면 대부분 자기소개서 쓰는 일을 생각만으로도 지긋지긋하게 여길 것이다. 나 역시 크게 다르지 않다.

내가 생각하는 자기소개서는 그럴듯해 보이지 않으면 쓸모가 없는 글이다. 비록 나는 그럴듯한 사람이 아닐지라도 나를 소개하는 글만은 그럴듯해야 하는 것이다. 그런 글을 쓰자면 무엇보다도 스스로가 그럴듯한 사람이라는 믿음을 가져야 한다. 하지만 이것은 쉬운 일이 아니다. 이때 밀려오는 자괴감과 괴리감을 억누르기가 너무 힘들다. 그래도 어떻게든 그럴듯하게 보이도록 써본다. 그럴

듯한 글은 미끈한 글이다. 흠이 없는 글이다. 흠 없는 사람은 없으므로 미끈한 자기소개서는 사실 믿을 것이 못 된다. 그러나 자기소개서는 믿어달라고 쓰는 글이 아니다. 그것은 엄연히 일을 할 기회를 달라고 쓰는 글이다. 거짓은 아닐 테지만 그렇다고 모두 진실이랄 수도 없는 글. 그게 자기소개서 아닐까.

과거에 출판계에서는 착실히 경력을 쌓으며 기회가 닿을 때마다 업계에 인맥을 만들어두면 자기소개서를 쓰지 않고도 직장을 옮길 수 있었다. 드문 일이 아니었다. 공개적이고 합리적인 채용 절차를 갖춘 출판사가 거의 없었던 시절이라 문서가 아닌 친분이 구직자의 됨됨이와 실무 능력을 보증했다. 하지만 이런 방식이 언제나 성공적이지는 않았을 것이다. 나 또한 얽히고설킨 인맥에 기대 자기소개서 같은 서류를 제출하지 않고 수월히 이직했던 적이 있다. 처음에는 알음알음에 기반한 환경이 더없이 편했다. 하지만 나중에는 그런 환경이 일을 하는 데 오히려 불편한 걸림돌이 될 때가 많았다. 결국 나는 그곳에 오래 몸담지 못했다. 문서와 달리 친분은 언제든 쉽게 변질될 수 있다. 그리고 변질된 친분은 대부분 복구가 불가능하다.

한동안 부서장으로 일했을 때 인력 충원을 위해 우리나라 편집자라면 누구나 아는 사이트에 몇 차례 구인 공고를 올렸다. 서류 접수 마감일이 지나면 차곡차곡 쌓인 메일을 하나하나 열어 지원 서류들을 찬찬히 검토했다. 그때 나는 편집자가 되려고 하거나 편집자가 되어 책을 만들고 있는 사람들이 자신을 소개하는 글을 처음으로 읽어볼 수 있었다. 그런데 안타깝게도 자기소개서만으로 만나보고 싶은 마음을 불러일으키는 지원자는 언제나 얼마 되지 않았다. 자기소개서 쓰기가 지긋지긋한 이유는 사실 그것이 되는대로 쓰면 안 되는 글이기 때문이다.

편집자 지망생은 자기소개서에 무엇을 쓰면 좋을까? 구체적인 독서 편력, 책을 읽는 일이 자신에게 가져온 유의미한 변화, 그것이 자신의 삶에 끼친 영향, 그리고 책을 만드는 사람이 되기 위해 남다르게 준비한 일. 내가 생각하기엔 이 정도면 충분하다. 편집자가 되고 싶어 하는 사람에게 요구되는 것은 무엇보다도 책과 독서를 둘러싼 진지하고 다양한 경험이다. 채용 절차를 진행하는 사람들은 그의 자기소개서를 통해 그가 편집자로, 출판인으로 성장할 만한 자질을 갖추고 있는지를 꼼꼼하게 살핀다. 그 자질이란 다른 말로 하면 교양이다. 책을 읽지 않고 교양을 쌓을 수는 없다.

경력 편집자라면 기술할 내용이 적지 않다. 이전에 기획하고 편집한 책, 손발을 맞췄던 저자와 역자, 자신이 만든 책들에 대한 시장의 반응, 그것을 보면서 느낀 것, 앞으로 만들고 싶은 책(간략한 기획안을 첨부하면 좋다), 편집자로서의 지향, 이루고 싶은 목표 등이다. 경력 편집자는 현역으로 뛰는 선수다. 그가 자기소개서에 드러내야 할 것은 실력의 가시적인 증거다.

나는 글이 곧 사람이라고 믿지 않는다. 내가 쓰고 있는 글과 나라는 사람의 거리는 아득히 멀다. 이 거리를 얼마간이라도 좁힐 수 있다면 나는 조금이나마 괜찮은 사람이 될 수 있을까? 글은 글일 뿐이다. 더없이 사사롭지만 공적으로 활용되는 자기소개서도 마찬가지다. 그 글에 담기는 것들이란 대체로 너저분하기 마련이다. 그 너저분함 속에 공통적으로 담겨 있는 것은 오로지 희망뿐이다. 희망만이 간결하고 명료하다. 정확한 뜻을 알고 싶어 사전을 찾아보니 희망이란 "어떤 일을 이루거나 하기를 바라는 것"이라 한다. 그렇다면 자기소개서는 희망소개서라 불러도 무방하지 않을까?

편집자가 되어보려고 몇 날 며칠 고쳐 썼던 자기소개서를 이제 영영 찾을 수 없다. 너저분하기 짝이 없었을 그 글의 제목도 실은 희망이었다. 무심코 그 간절한 희망에 눈길을 준 누군가가 있었기에 나는 책 만드는 사람이 될 수 있었다.

# 담배에
# 대하여

이십 년 동안 담배를 피웠다. 열여덟 살 늦가을, 최영미의 시집 『서른, 잔치는 끝났다』에 실린 「담배에 대하여」라는 시를 읽고 나는 담배를 피우는 사람이 되기로 마음먹었다. "육백원만큼 순하고 부드러워진 그대여"라는 구절은 지금도 기억한다. (문학작품이 청소년에게 미치는 영향은 다양하다.) 깊은 밤 동네 놀이터 벤치에 앉아 처음 담뱃불을 붙인 순간부터 나는 골초로 살았다. 금연을 시도한 적이 없지 않았지만 대부분 하루 이틀을 넘기지 못했다. 아내가 될 사람에게 결혼하면 금연하겠다고 약속했는데 결혼식 당일만 겨우 참고 다음 날 신혼여행지에서 태연하게 담배를 입에 물어 아내가 된 사람을 대경실색하게 했을 정도였다.

엉뚱한 이야기 같겠지만 나는 담배 덕분에 대학을 무사히 졸업할 수 있었다. 인문대학에 다니는 학생은 시도 때도 없이 뭔가를 써내야 한다. 과제도, 시험도 결국은 뭔가를 써내는 일이다. 무엇이든 쓰려면 무엇이든 읽을 수밖에 없다. 읽기와 쓰기가 바로 인문대학에 다니는 학생이 비싼 등록금을 내가며 몸에 익히는 일이다. 그들은 읽고 쓰는 일을 무한 반복하면서 대학 시절을 보낸다. 다행히 나는 이런 일이 싫지 않았다. 오히려 당시만 해도 내가 남들보다 그나마 잘할 수 있는 일이 그 두 가지였다.

여기에 담배가 톡톡히 한몫을 했다. 담배 덕분에 나는 읽고 쓰는 일을 그럭저럭 해나갔다. 때로는 담배를 피우며 그런 일을 오랫동안 하고 싶다는 생각을 하기도 했다.

무엇보다도 담배는 몽상과 자유를 선사했다. 담배 한 개비를 피우는 시간 동안 몽상과 자유의 질량은 거의 무한대로 커져갔다. 언제 돌아보아도 그 생각에는 변함이 없다. 담배를 피우는 사람이 아니었더라면 나는 학업을 무사히 마치지 못했을 것이다.

그 시절에는 수업이 진행되는 강의실에서도 담배 연기가 피어오르곤 했다. 백발의 문학평론가는 영국 브랜드인 던힐을 즐겨 피웠다. 강의용 책상에 두 팔을 괴고 앉아 줄담배를 태우곤 했다. 더없이 자상한 얼굴로 자식뻘 되는 학생들에게 편하게 같이 태우자고 말하던 그였다. 몇몇 학생들은 그와 맞담배를 피웠다. 그는 연기를 내뿜으며 흐뭇하게 미소 지었다.

건강을 위해 금연해야 한다는 말들이 속물적이다 싶었다. 식사를 하고 나서 혹은 커피나 술을 마시며 피우는 담배는 인생을 사는 낙이었다. 목구멍을 타고 넘어가 폐부에 뭉근하게 스며들며 온몸의 혈관을 타고 도는 담배 연기는 매일의 양식이었다. 이곳저곳 서서히 악화되어가는 육신의 기미를 느끼면서도 나는 기꺼이 매일 한 갑 이상 담배를 태웠다. 술자리에서는 두세 갑을 너끈히 피워 없앴다. 언제나 내가 가까이 지낸 사람들은 너나없이 흡연했다. 편집자들도 마찬가지였다.

2005년, 처음 일을 시작했을 무렵에는 여성 남성 가릴 것 없이 담배를 피우는 편집자들이 정말 많았다. 실내에서도 흡연할 수 있던 시절이었다. 창문 달린 회의실 곳곳에 흡연자들이 쉴 새 없이 들락거렸다. 퇴근 시각이 지나면 몇몇 부서장들은 책상 서랍에서 재떨이를 꺼내놓고 교정지를 들여다보면서 담배를 피우기도 했다. 그들이 일과 시간 이후에 사무실에서 담배 몇 대 피우는 것을 가지고 왈가왈부하는 사람은 아무도 없었다. 나는 신입 사원이었지만 담배만큼은 누구의 눈치도 보지 않고 마음껏 피웠다.

그즈음 선배들은 나에게 뭔가를 가르쳐줄 때면 언제나 담배를 꺼내 물었다. 그들에게서 뭔가를 배울 때면 나 역시 담뱃불을 붙였다. 교학상장이 이루어지는 동안 그들과 나는 쉬지 않고 담배를 피웠다. 알다시피 편집자는 원고를 읽고 가끔은 글도 쓴다. 교정지를 들여다볼 때, 표지 문안을 만들 때, 보도 자료 같은 골치 아픈 글을 쓸 때 나는 담배를 손에서 놓지 못했다. 그때까지 내가 쓴 표지 문안과 보도 자료는 대부분 담배의 힘을 빌린 것이었다.

세월이 흘러 담배는 죄악시되기 시작했다. 실내 흡연은 전면 금지되었다. 금연은 매너에 가까워졌다. 흡연자들은 어디서도 환영받지 못했다. 여전히 담배를 끊지 못하는 사람들은 나 같은 골초들뿐이었다. 나는 담배 없이 책을 만들 자신이 없었다. 일이 버거울 때 담배만큼 힘이 되어주는 것이 없었다. 나는 얼마 남지 않은 흡연자들과 진지하게 연대했다. 나는 애연가였다. 그리고 어느 날, 거짓말처럼 담배를 피우지 않는 사람이 되었다.

얼마간 담배를 피우고 싶다는 생각이 들긴 했지만 이상하게도 육체는 결핍감을 호소하지 않았다. 밥을 먹고 나서도, 커피나 술을 마실 때도 나는 담배를 찾지 않았다. 하지만 곧 흡연하는 사람으로 자연스레 돌아가게 될 거라생각했다. 무려 이십 년간 내 몸을 지배한 습관이었다. 가까이 지내는 애연가들도 내가 얼마 못 가 금연에 실패할 거라고 믿어 의심치 않았다. 그런데 그런 일은 일어나지 않았다. 나는 담배를 피우지 않고도 표지 문안이나 보도자료를 아무렇지 않게 써냈고, 나아가 삶의 중요한 결정들을 내렸다. 그렇게 담배를 피우지 않는 사람이 되었다. 그리고 아주 가끔 그런 사람이 된 내가 미워졌다.

언젠가 페이스북에 이런 글을 썼다.

얼마 전에 「중독된 사람들」이라는 시를 읽었다. 시에서 중독의 대상은 담배다. 시를 읽는 동안, 담배 끊은 것을 후회했다. 나 또한 "담배 한 개비를 피울 때마다 2리터의 독극물이 제 몸에 쌓이는 것을 마다하지 않았던" 사람이었으나 "그 습관과 그 독으로부터 비겁하게 도망"쳐 이제는 "담배와 섹스 중 하나를 택하라는 말에 담배를 택한 루이스 브뉘엘"처럼 비범한 삶을 살지는 못할 것이다. "중독된 사람들 그들의 그 사랑스런 검은 폐가 좋다"는 시인의 이름은 김상미.

담배를 피우지 않고 편집자로 산다는 것은 상상도 할 수 없었던 시절이 떠오른다. 머리가 희끗희끗해지고 잔기침을 달고 살면서도 교정지를 보다 말고, 보도 자료 따위를 쓰다 말고 담뱃갑을 챙겨 어디론가 사라지는 나이든 편집자들을 볼 때면 왠지 애틋하다. 허공을 바라보며 천천히 담배 한 대를 피우다보면 복잡한 생각의 실타래가 풀리기도 했고 도무지 안 풀리던 글이 술술 풀려나가기도 했다.

담배를 끊기가 대단히 어렵다는 것은 알지만 금연의 비법 같은 것은 모른다. 내가 금연한 계기는 너무나 시시해서 밝히기가 뭐하다. 담배를 피우다가 피우지 않게 되는 일 따위에 특별한 의미를 부여하고 싶지도 않다. 나는 진심으로 담배를 사랑한 사람이었다. 지금은 담배와 섹스 중 무엇을 선택해야 할지 고민하지 않아도 되는 사람이 되었을 뿐이다.

# 나는 언제나
# 그 책들 사이에
# 있다

독서에 흥미를 느끼기 시작한 사람이 있다. 처음에 그는 독서가 취미인 대다수 사람들처럼 남는 시간에 책을 읽는다. 그러다 책을 읽는 일에서 남다른 즐거움을 발견하고 자기도 모르는 사이에 점점 더 많은 책을 읽게 된다. 이제 그는 남는 시간만 가지고는 읽고 싶은 책을 다 읽을 수가 없다. 그는 어느덧 없는 시간을 만들어서 책을 읽는 사람이 된다. 하지만 그의 독서는 아직 남독일 가능성이 크다. 문자에 허기진 사람처럼 게걸스럽게 그는 눈에 띄는 책들을 닥치는 대로 읽고 있을 것이다. 그러나 크게 걱정할 일은 아니다. 중요한 것은 그가 책을 읽고 있다는 사실이므로. 시간이 흐르면서 그는 누가 시키지 않았는데도 책을 가려 읽는 사람이 된다. 이제 그가 읽는 책들에는 일관된 흐름이 있다. 그것은 그가 읽을 책을 선택하는 기준이기도 하다.

나도 이러한 과정을 밟았다. 편집자가 되기 전에 나는 문학, 인문, 예술 분야의 책을 많이 읽었는데 가장 많이 읽은 것은 문학책이었다. 나는 한국 현대문학에 심취했다. 도서관 정기간행물실과 개가 열람실은 내가 가장 좋아하는 장소들이었다. 볕이 잘 드는 창가 자리에 죽치고 앉아 『문학과사회』, 『문학동네』, 『세계의문학』, 『창작과비평』, 『현대문학』 같은 문예지와 그 책들을 펴내는 출판사에서 출간한 시집, 소설, 평론집, 연구서 등을 쌓아놓고 읽는 것이 나에게는 가장 즐거운 일이었다. 독서는 계속되었고 내 머릿속에는 한국 현대문학의 지도가 그려졌다.

몇몇 작가들에 대한 뜨거운 사랑이 시작되었다. 사이사이 챙겨 읽었던 인문서와 예술서는 나의 독서 목록에 생기를 불어넣어주었다. 내가 생각하는 훌륭한 책은 어김없이 또 다른 놀라운 책으로 이어졌다. 그렇게 만들어져가는 연결망은 끊어지는 일이 없었다. 나에게는 그렇게 '교양'이 쌓여갔다. 책을 읽지 않고 지나가는 날은 없었다. 이십 대의 네다섯 해 동안 나는 이제까지의 삶을 통틀어 내가 읽고 싶은 책을 가장 많이 읽었다.

한동안 나는 열병을 앓았다. 시나 소설, 평론을 쓰거나 학교에서 문학을 공부하고 가르치는 사람이 되고 싶었다. 하지만 나에게서 글쟁이로 살아갈 만한 재능을 발견하지 못했고 학업을 계속할 여유도 없었다. 그저 책을 읽어온 시간만 오롯이 내 것으로 남았다. 그리고 그 시간은 내가 책을 만드는 사람으로 살아가는 데 더없이 소중하고 유용한 자산이 되어주었다.

편집자들은 편집자가 되기 전에 책을 많이 읽은 사람들이다. 내가 알기로 그렇지 않은 편집자는 거의 없다. 편집자가 되고 난 뒤에도 그들 대부분은 여전히 책을 많이 읽는다. 하지만 그들이 읽는 책에는 일관된 흐름이 있다. 그들이 만드는 책도 다르지 않다. 그들은 과거에 자신이 많이 읽었고 현재도 많이 읽고 있는 책과 여러모로 비슷한 책을 만든다. 그 책들은 모두 한통속이다.

대학을 졸업하고 어느 문학 출판사에 면접을 보러 갔을 때 사장이 내게 물은 것은 많지 않았다. 지금도 또렷이 기억하는 질문은 이것이다. "일 년에 책을 몇 권이나 읽는가?" 예상하지 못한 질문이었다. 그는 마치 커트라인을 갖고 있는 사람처럼 보였다. 언제나 책을 많이 읽는 편이라고 생각했지만 막상 대답을 하려니 자신이 없었다. 그에게는 편집자가 되고 싶어 하는 사람들이란 일단 다독가여야 했던 것일까? (편집자로서 자부심이 높았던 사장은 종종 자신이 심각한 문자 중독자라고 말했다.) 일 년에 책을 몇 권이나 읽느냐는 그의 질문은 책을 어지간히 많이 읽는 사람이 아니라면 얼른 짐을 챙겨 돌아가라는 말처럼 들렸다. 다행히 나는 그곳에서 편집이라는 일을 시작할 수 있었다.

그전만큼은 아니었지만 편집자가 되고 난 뒤에도 나는 책을 많이 읽었다. 내가 읽는 책들에도 큰 변화가 없었다. 여전히 나는 서점이나 도서관에 가면 문학, 인문, 예술 서가를 오랫동안 기웃거렸다. 역시 가장 많은 시간을 보내는 곳은 문학 서가였다. 나는 내가 읽은 책들 덕분에 편집자가 되었고 내가 읽는 책들과 책장에 나란히 꽂아둘 만한 책들을 만들었다. 간혹 그렇지 않은 책을 만들어야 할 때면 내 일에 자신이 없어지곤 했다.

한때 나는 같은 회사에서 일하는 기획자들과 협업하며 책을 만들었다. 그들은 대부분 편집 실무에 익숙하지 않았기 때문에 그들이 기획하는 책의 원고는 외부의 편집 인력이나 사내 편집 부서 이곳저곳에 맡겨졌다. 기획자들의 관심사와 주력 분야는 내게 낯설 때가 많았다. 나의 뜻과 무관하게 내가 속한 부서의 출간 일정표는 상당 부분 그들이 기획하는 경제경영, 자기계발, 취미실용 분야의 책들로 채워지곤 했다. 기획자들이 원고를 맡기면서 편집자에게 바라는 것은 꼼꼼한 교정 교열 따위가 아니었다. 그들은 자신들이 기획하는 책의 장점을 극대화해줄 종합적인 편집 역량을 기대했다. 하지만 나는 그들의 기대를 충족시키지 못했다. 그들이 내게 편집을 요청하는 원고들은 내가 평소 만들어온 책들과 결이 전혀 달랐다. 나는 그것들을 장악하지 못했다. 단순히 실무 기술로 해결하거나 극복할 수 없는 문제들을 맞닥뜨릴 때마다 나는 속수무책이었다. 페널티킥을 차야 하는 야구 선수가 된 것 같았다. 편집자가 되기 전에도, 편집자가 되고 나서도 나는 경제경영이나 자기계발, 취미실용 분야의 책은 거의 읽어본 적이 없었다. 그것이 내가 겪었던 어려움의 근본 문제였다.

나름대로 이름이 알려진 어떤 자기계발서 저자는 출판사의 접대를 받는 자리에서 술을 몇 잔 마시고 나자 자기 책의 담당 편집자를 교체해달라고 임원진에 대놓고 요구했다. 그의 옆자리에는 그 책의 기획자가 앉아 있었다. 소통이 원활하게 이루어지지 않는다는 것이 이유였지만 사실은 편집자가 말귀를 잘 못 알아듣는다는 것이었다. 그가 교체를 요구한 편집자는 물론 나였다. 저자의 무례를 알아차리지도 못할 만큼 *부끄러웠던* 나는 고개를 들 수가 없었다. 냉정히 생각하면 이해하지 않을 도리가 없는 일이었다. 나는 자기계발서를 어떻게 만들어야 하는지 모르는 편집자였다. (그런 일이 일어난 것은 내가 기업에 고용된 편집자였기 때문이다. 자신의 업무를 자의로 선택할 수 있는 회사원은 많지 않다. 부조리하다면 부조리한 일이었지만 나 아닌 다른 사람을 탓할 수 있는 일은 아니었다.)

책의 성패(원고의 성패가 아니다)는 기본적으로 편집자의 역량에 달려 있다. 편집자를 잘못 만나 빛을 보지 못하는 원고가 있는가 하면 편집자를 잘 만나 빛을 발하는 원고도 있다. (좀처럼 드러나지 않지만 종잡을 수 없는 책의 운명에 편집자가 끼치는 영향은 매우 크다.) 편집자의 역량은 그가 오랜 시간 동안 자신의 기준에 따라 일관되게 읽어 온 책들로 길러진다. 그리고 편집자가 스스로 책을 만드는 일은 바로 그 토대 위에서 자연스럽게 이루어진다. 책을 만들 때 편집자는 자신이 읽은 책들의 영향력에서 벗어나기가 어렵다. 오히려 그 강력한 영향력 안에서 책을 만들 때 그는 편집자로서 자신의 역량을 십분 발휘할 수 있다.

살아가는 일에서 그러하듯이 책을 만들면서도 걸핏하면 헤매고 길을 잃는다. 가늠할 수 없는 인생처럼 이 일도 뜻대로 풀리지 않을 때가 많은 것이다. 그럴 때마다 내가 결국 떠올리지 않을 수 없는 것은 그동안 읽어온 책들과 앞으로 읽어갈 책들이다. 그 책들이야말로 편집자인 내게 변함없는 지표이기 때문이다. 편집자로서 나는 언제나 그 책들 사이에 있다. 나는 책을 만드는 사람이다. 직업인으로서 나에 대해 이렇게 말할 때가 많지만 이 말은 애매모호하다. 사실 나는 내가 읽은 책을 거울삼아 내가 읽을 책을 만드는 사람이다.

3부

# 주인
# 없는
# 글

책을 만들 때마다 편집자는 여러 가지 글을 쓴다. 대표적인 것이 보도 자료다. 보도 자료는 쓰고 싶지 않을 때가 많지만 쓰지 않을 도리가 없는 글이라 대개 울며 겨자 먹기로 쓴다. 편집을 마무리한 뒤 제작을 넘기고 나면 보통은 진이 쭉 빠진다. 하지만 입고 전까지 챙겨야 할 일이 많다. 보도 자료를 쓰는 일도 이즈음에 한다(바지런한 편집자는 교정 교열을 진행하면서 보도 자료의 얼개를 잡고 틈틈

이 살을 붙여나가기도 하는데 그런 편집자를 보기란 쉽지 않다). 보도 자료를 쓰려고 새 문서를 열면 커서만 외로이 깜박거리는 텅 빈 모니터 화면이 그토록 막막해 보일 수가 없다. 첫머리가 뜻대로 풀리지 않으면 절로 신경이 곤두서고 진땀이 나기도 한다. 이제는 대수롭지 않게 여길 만도 한데 이 작업만은 그게 잘 안 된다. 말 그대로 고역이다. 언젠가는 보도 자료를 쓰기가 너무 싫어서 일기장 비슷한 곳에 이런 투정을 적어놓기도 했다.

편집자는 참 좋은 직업인데 딱 두 가지가 지랄이다. 하나는 돈을 못 번다는 것, 또 하나는 보도 자료를 써야 한다는 것이다. 가난도 보도 자료를 써야 하는 운명을 구제하지 못한다.

신입 시절에는 보도 자료를 서너 번씩 고쳐 쓰는 것이 예사였다. 보도 자료를 검토하는 부서장들은 도무지 오케이라고 말해주지 않았다. 그것은 당연한 일이었다. 보도 자료랍시고 그들에게 내가 내민 것은 대부분 어설픈 독후감이나 어쭙잖은 서평에 가까웠기 때문이다. 보도 자료는 정해진 형식은 없지만 목적만은 분명한 글이다. 그걸 의식하지 않고 엉성하게 쓰면 그 글은 도시 쓸데가 없다. 이제 막 책 만드는 일을 시작한 편집자의 보도 자료는 그 꾸밈새가 글의 목적에 부합하지 못할 때가 많았으므로 그들에게는 그러한 글을 오랫동안 써온 선배들의 지도와 편달이 필요했다. 하지만 알고 보니 보도 자료를 쓰고 싶어 하지 않는 건 그들도 마찬가지였다.

마음을 다해 책을 만들고 조금이라도 더 많은 독자에게 자신이 만든 책을 알리고 싶어 하는 편집자가 유독 보도 자료 쓰는 일만은 내켜 하지 않는 까닭은 무엇일까? 짐작하건대 글쓰기는 글을 다루는 편집자에게도 그리 익숙하거나 만만한 일이 아니다. 다수의 독자를 대상으로 공적인 성격을 띤 글을 일상적으로 쓰는 편집자는 많지 않다. 그런 글을 쓰는 것이 직업인 사람에게도 그 일은 언제나 힘겨운 노동이다. 편집자는 자신이 만든 책에 대해 가장 잘 말할 수 있는 사람이지만 그것이 곧 그가 자신이 만든 책의 보도 자료를 거뜬하게 써낼 수 있는 사람이라는 뜻은 아니다. 편집과 글쓰기는 다른 차원의 일이다. 보도 자료는 편집자가 업무상 쓰는 글 가운데 가장 긴 편에 속한다. 호흡을 길게 가져가야 하는 글을 쓰는 데 필요한 감각은 자주 사용하지 않으면 금세 무뎌진다. 글을 읽고 다듬는 감각과 적절히 균형을 이루지 못한 채 마모된 글쓰기 감각을 이따금 재생시키는 데에는 상당한 에너지가 요구된다. 그에 따르는 스트레스도 만만치 않다. 이유야 무엇이든 평소 글쓰기 감각을 유지하는 일에 미온적인 대다수 편집자들은 그래서 이 강도 높은 노동을 좋아하려야 좋아할 수 없다. 갈 길이 너무나 먼 글인 것이다.

그렇다고 해서 가서는 안 되는 길로 들어서선 곤란하다. 남의 글을 베껴 보도 자료를 만든 편집자를 본 적이 있다. 노벨 문학상을 수상한 작가의 책을 우리말로 옮긴 번역가가 책 뒤에 공들여 써 붙인 역자 후기의 상당 부분이 그 책의 보도 자료에 인용 표시 없이 마치 편집자 자신이 쓴 것처럼 들어가 있었다. 글 도둑질을 하고서도 그는 태연하기 이를 데 없었다. 한두 번 실수할 수도 있지만 나는 그가 과거에도 그런 짓을 하지 않았으리라 생각하기 어려웠다. 그것은 직업윤리 위반이자 같은 일을 하는 사람들에 대한 모욕이다.

보도 자료 하면 떠오르는 에피소드가 하나 있다. 병아리 편집자 시절에 지금은 모르는 사람이 없을 만큼 이름이 널리 알려진 소설가의 장편소설을 편집한 경험이 있다. 표지 디자인을 비롯해 저자가 자신의 입맛대로 만든 것이나 다름없는 책이었다. 나는 그저 다른 편집자들과 함께 원고를 두어 번 읽고 교정을 본 게 다였다. 하지만 보도 자료만큼은 명색이 책임 편집자인 내가 써야 했다. 아무래도 유명인이나 베스트셀러 저자의 책은 보도 자료에도 각별히 공을 들일 수밖에 없다. 회사 임원들의 관심이 몰려 있는 책이어서 부담감에 몇 날 며칠 끙끙대며 써냈던 기억이 어렴풋이 난다.

경력이 일천한 편집자가 못 미더웠는지 저자는 출판

사에서 언론 매체에 배포하기 전에 보도 자료를 확인하고 싶어 했다. 그리고 내가 보내준 원고를 읽고는 바로 첫 문장의 한 구절을 수정해달라고 요청했다. 그에 따라 "우리 시대를 대표하는 젊은 작가 중 한 사람"은 "우리 시대를 대표하는 젊은 작가"가 되었다. 다행히 그 외에는 저자가 별달리 꼬투리를 잡은 부분이 없어 한시름을 놓았다. 보도 자료를 보여달라고 한 저자는 그 소설가가 처음이자 마지막이었다. 내가 작성한 글은 책이 출간된 뒤에 『기획회의』라는 출판 잡지에 '문학 기자가 선정한 좋은 보도 자료'로 전문이 실리기도 했다. 보람이 없지는 않았으나 다시는 그런 글을 그와 같이 유난스레 쓸 일이 없기만을 바랐다.

　보도 자료를 쓰는 일은 늘 달갑지 않다. 그리고 분명히 내 글인데 쓰면서도, 쓰고 나서도 도무지 내 글 같지가 않다. 이를테면 주인 없는 글이랄까, 나의 글이지만 소유권을 주장하고 싶은 마음이 들지 않는다. 지금까지 쓴 보도 자료를 모두 긁어모으면 아마 문고본 한 권 분량은 족히

될 것이다. 하지만 그런 책을 갖고 싶어 할 편집자가 어디 있겠는가.

책이 절판되어도 보도 자료는 온라인 공간 이곳저곳에 남기 마련이다. 내가 편집자가 되고 나서 처음 만들었던 책의 보도 자료도 여전히 인터넷에 남아 있다(오랜만에 읽어보니 얼굴만 화끈거릴 뿐 역시 내가 쓴 글 같지 않다). 삭제하고 싶어도 좀처럼 지울 방법이 없다. 이렇다보니 글을 쓰는 일과 자기 글의 완성도에 예민한 편집자라면 아무리 쓰기 싫은 글이어도 보도 자료 또한 허투루 쓰지 못한다. 하지만 나는 편집자들이 보도 자료를 쓰는 일에 지나치게 의미 부여를 하거나 공력을 들이지 않았으면 한다. 나는 어떤 글을 쓸 때든 문장을 조탁하느라 시간을 많이 잡아 먹는 좋지 않은 버릇이 있다. 보도 자료를 쓸 때도 다르지 않다. 자구에 얽매여 진도를 나가지 못하고 하염없이 모니터만 들여다볼 때가 많다. 대개 쓸데없는 짓이라고 생각한다. (업무상 필요한 글을 쓸 때 문장에 집착하는 것은 편집자의 병폐다.)

나의 경험상 보도 자료를 그나마 쉽게 쓸 수 있는 방법은 최대한 빨리 쓰는 것이다. 질질 끌지 않는 것이 최선이다. 그러려면 약간의 훈련이 필요한데 가장 중요한 것은 요약이다. 저자가 구구절절 책에다 쓴 이야기를 세 문장 혹은 네 문장으로 요약해보자. 다만 그것만으로도 책을 통해 저자가 하려는 말이 무엇인지 파악할 수 있는 문장들이어야 한다. 이 작업을 개운하게 마쳤다면 보도 자료의 절반은 완성된 것이나 다름없다. 그 서너 개의 문장은 그대로 보도 자료의 소제목이 된다. 남은 것은 각각의 소제목에 담긴 메시지를 풀어주는 일뿐이다. 이 작업은 그리 어려울 게 없다. 메시지가 또렷한 말은 오래 들어도 지루하지 않기 때문이다. 말솜씨까지 좋다면 금상첨화인데 이는 편집자 개개인의 역량에 달린 문제다. 이런 방식에 익숙해지면 보도 자료를 빨리 쓸 수 있다. 퇴고는 한두 번이면 충분하다. 보도 자료는 오래 붙들고 있을 만한 글이 아니다.

따지고 보면 출판사의 보도 자료는 독자에게 새로 나온

책을 알릴 수 있는 매체가 지극히 제한적이었던 시절의 케케묵은 유산이다. 요즘에 신문 기사를 읽고 신간을 구매하는 독자가 얼마나 되겠는가. 신문 기사가 책의 직접적인 판매로 이어질 가능성은 과거와 비교할 수 없을 만큼 줄어들었다. 그럼에도 업계의 묵은 관습은 그리 쉽게 사라지지 않을 것이다. 여전히 편집자들은 안간힘을 들여 작성한 보도 자료를 땀 흘려 만든 책과 함께 다수의 언론사에 보낸다. 주말이면 신문 북 섹션에 자신이 세상에 내보낸 책을 다룬 기사가 대문짝만 하게 실리기를 고대한다. 내심 뜨거운 반응을 기대했던 책이 언론의 주목을 받지 못하면 크게 낙담하기도 한다. 미약하나마 판매로 이어질 가능성이 줄었기 때문만은 아니다. 기사의 영향력이 예전만 못하더라도 자신이 만든 책이 공공성을 띤 기관의 지면을 통해 대중에게 처음으로 알려진다는 것은 편집자에게 각별한 보람을 안겨주는 일이다. 이는 편집자라면 누구나 안다.

내가 만든 책과 내가 쓴 보도 자료의 수는 똑같다. 그 수를 정확히 셈하려면 얼마간 시간이 걸릴 것이다. 적지 않은 보도 자료를 써내면서 마지막 문장의 마침표를 찍기까지 겪었던 온갖 괴로움은 여전히 생생한데 정작 기억 속에 또렷하게 남아 있는 글은 손에 꼽을 정도다. 지독한 숙취에 시달리며 완성한 적도 있고 밤을 꼬박 새워가며 몇 번이고 다시 쓰기도 했다. 아무리 써도 도무지 내 글 같아 보이지 않았던 나의 글을. 보잘것없더라도 그 글들은 일면 내가 해온 일의 유의미한 흔적이다. 쓸모를 다했지만 한 편 한 편이 내 일의 소사小事요, 소사小史다. 보도 자료는 편집자만 쓴다. 편집자로 사는 한 써야만 한다. 오늘도 그 글을 쓰느라 분투하는 편집자들의 건투를 빈다.

# 언어,
# 문자,
# 다름,
# 틀림

경력 이십 년이 넘는 교정 교열 전문가가 우리말 문장을 다듬는 법에 대해 쓴 책을 읽었다. 인문 교양서 독자들에게 탄탄한 지지를 받는 출판사에서 나온 데다 호기심을 불러일으키는 솔깃한 제목 덕분이었는지 이런 종류의 책으로는 드물게 베스트셀러가 되었다. 편집자들의 입에도 자주 오르내리기에 한 수 배워보려는 마음으로 책장을 펼쳤다. 저자는 어색한 문장을 다듬고 나아가 좋은 문장을 쓰는 요령을 매끄럽고 알차게 설명하고 있었다.

그런데 좀처럼 납득하기 어려운 문장이 여럿 보였다. 언어와 문자의 개념을 일관되게 혼동하고 있는 문장들이었다. 모두 일곱 군데에서 저자는 '한국어 문장'이라고 써야 할 것을 '한글 문장'이라 쓰고 있었다. '한국어 문장'과 '한글 문장'을 섞어서 쓴 것도 아니었다. 집요하리만큼 '한글 문장'이라는 표현을 고수했다. 교정 교열 전문가로서 저자가 견지하는 특별한 견해가 있는지 알 수 없었다. 하지만 그와 상관없이 '한글 문장'은 분명 잘못된 표현이었다(영어로 쓰인 문장은 '영어 문장'이라고 하지 '알파벳 문장'이라고 하지 않는다).

우리말 문장을 다듬는 방법을 알려주는 책에 어쩌다 이런 오류가 생겼는지 의아했다. 적어도 편집자인 내 눈에는 사소해 보이지 않는 오류였다. 당시 내가 읽은 것은 초판 12쇄본이었다. 그렇게 여러 번 증쇄를 하는 동안 이 오류가 바로잡히지 않은 이유도 궁금했다. 나는 이 책을 출간한 출판사의 발행인과 사적으로 아는 사이였기에 조심스레 그에게 이 내용을 전달했다(평소에는 좀처럼 하지 않는 일이다). 추후에 수정이 되었는지는 확인해보지 않아서 모르겠다. (글자가 아니라) 언어를 다루는 일로 먹고사는 사람이 언어와 문자의 개념을 헷갈리면 난감하다.

번역가들이 한국어와 한글을 제대로 구분하지 못하고 사용하는 경우도 심심찮게 보게 된다. 카를 마르크스의 『자본』은 베를린장벽이 무너지기 전 서너 종의 역본이 출간된 뒤로 한동안 번역되지 않다가 2000년대 후반 인문학술 고전을 뚝심 있게 펴내는 작은 출판사에서 마르크스 경제학 권위자(그는 1987년에 출간된 『자본』 번역에 참여했다)의 원전 번역으로 새롭게 선을 보였다. 평소 신뢰하는 출판사였기에 큰마음 먹고 『자본』을 펼쳤다.

앞부분의 '옮긴이의 말'을 읽어가다가 '한국어'를 '한글'로 잘못 쓰고 있는 문장들을 여럿 보게 되었다. 이런 오류는 출판사에서 오랜 시간 공들여 준비하고 내놓은 역작의 권위를 스스로 떨어뜨리는 요인으로 보였다. 물론 일차적인 책임은 번역가에게 있겠지만 원고를 들여다본 편집자는 어쩌다 이런 기본적인 오류를 바로잡지 못했는지 알수 없었다. 책을 허투루 만드는 출판사가 아니었기에 안타까운 마음마저 들었다. 이 책을 소개하는 기사에서 이런 오류를 그대로 답습하는 것을 보고는 절로 한숨이 나왔다. '『자본』 독일어판 원전의 한글 번역본' 같은 표현이 베테랑 출판 기자의 기사에 버젓이 쓰여 있었던 것이다.

어느 인기 있는 철학자는 유학 경전을 우리말로 옮기고 주석을 단 책을 여러 권 출간했는데 책마다 제목을 아예 '한글역주'라고 붙여놓았다. 이를테면 '논어한글역주' 같은 식인데 이는 말이 안 된다. 알다시피 역주譯註는 번역을 하고 주석을 붙였다는 뜻이다. 도대체 어떤 학자가 문자로 번역을 하는가? 여러 개의 박사 학위를 갖고 있는 것과 언어와 문자의 개념을 구분하는 능력은 눈곱만큼도 관련이 없다. 오래전 중국의 현철들이 남긴 글을 자유자재로 읽고 우리말로 옮기고 거기에 나름의 주석까지 붙이는 사람이 정작 자신의 그러한 작업을 '한글역주'라고 명명한다는 것은 난센스가 아니고 무엇인가. 적어도 편집자는

편집후기

이런 오류를 바로잡을 수 있어야 한다. 편집자가 다루는 것은 '한글 문장'이 아니라 '한국어 문장'이다.

'한국어'와 '한글'을 제대로 구분하지 못하는 사람은 '한문'과 '한자' 역시 각각의 의미를 알지 못해 잘못 사용할 때가 많다. '나는 한자를 잘 몰라'라고 말해야 할 때 그들은 흔히 '나는 한문 잘 몰라'라고 말하곤 한다. 서구 언어에 능통한 사람들도 한자와 한문을 구분하지 못하고 사용하는 것을 적잖이 보았다. 한자는 중국에서 만들어진 현존하는 가장 오래된 '문자'를 가리키는 말이고, 한문은 영어로 고전 중국어Classical Chinese라고 일컫는 '언어'를 뜻하는 말이다. 중국에서는 고문古文이라 하고 우리나라와 일본에서는 한문漢文이라고 한다. 요즘 중국 사람들에게도 한문은 익히기 어려운 언어다. 구어口語인 백화白話를 상용하는 그들은 자신들의 전통 시대 언어로 쓰인 『논어』나 『맹자』 같은 책을 읽으려면 우리나라 사람들처럼 따로 시간과 노력을 들여 한문 공부를 해야 한다. 표음문자인 한글과 달리 표의문자인 한자는 하나의 글자가 가진 뜻이 여러 가지고 음 또한 다양하게 읽히는 경우가 많아서 글자 자체를 익히는 일부터 어렵다. 또한 아무리 한자를 많이 안다 해도 한문 고유의 문법을 깨치지 못한 사람은 매우 간단한 문장조차 해석하지 못한다. 대강 살펴보아도 한문과 한자의 차이는 이렇듯 크다. 유가의 경전들을 역주한 저명한 철학자가 이를 모를 리 없을 텐데 한국어와 한글을 구별하지 못하는 까닭만은 알기 어렵다.

언어와 문자는 다르다. 그런데 많은 사람들이 이를 '언어와 문자는 틀리다'라고 말한다. 글로 쓸 때보다 입으로 말할 때 더욱 자주 틀린다. '다르다'와 '틀리다'는 모두 어려운 말이 아니다. 학교 교육의 정도와 상관없이 일반적인 한국어 사용자라면 그 각각의 의미가 무엇인지 잘 안다. 그런데도 여전히 많은 사람들이 '이것과 저것은 틀려!'라고 잘못 말한다. 이는 (자신의 생각과) 다른 것을 틀린 것으로 받아들이는 의식이 반영된 언어 습관일지도 모르겠다.

우리나라 사람들이 언제부터 '다른' 것을 '틀린' 것이라

고 말하게 되었는지는 정확히 알 수 없다. 어떤 학자는 이러한 혼동이 우리말에 남아 있는 일본어의 잔재에서 비롯되었다고 주장한다. '다르다'라는 뜻을 가진 일본어로는 '異なる'와 '違う'가 있는데 전자가 '다르다'라는 의미만 가지고 있는 반면 후자에는 '다르다'라는 뜻과 함께 '틀리다', '그릇되다'라는 뜻도 있다. 전체주의가 국가 이데올로기였던 근대 일본 사회에서 자신과 다른 것은 틀린 것으로 인식되었고 이러한 인식이 언어에도 그대로 반영되었으며 그것이 일제 강점기를 겪은 우리의 언어에도 적지 않은 영향을 주었으리라는 설득력을 갖춘 주장이다.(소준섭, 「많은 사람들이 '다르다'와 '틀리다'를 혼동하는 이유」, 오마이뉴스 2021. 1. 20.)

어느 정도 한국어 문법에 대한 소양을 갖춘 사람들은 대화 상대가 '다르다'라고 말해야 할 것을 '틀리다'라고 말해도 그가 사실은 '틀림'이 아니라 '다름'을 말했다는 것을 알아듣는다. 여기에는 '다르다'와 '틀리다'는 아주 많은 사람들이 혼동하는 말이기 때문에 그 둘은 일상 언어생활에서 적당히 통용되어도 무방하다는 의식이 깔려 있다. 의사소통에 심각한 지장을 초래하지만 않으면 크게 문제없다는 생각이다. 과거와 달리 요즘 대부분의 방송 프로그램에서는 출연자들이 '틀리다'라고 잘못 말한 것을 '다르다'라고 자막을 통해 친절하게 바로잡아준다. 그들이 '다르다'라는 말을 모를 거라고는 생각하기 어렵다. 그들은 잘못 밴 언어 습관 때문에 '다르다'와 '틀리다'의 다름(차이)을 예민하게 의식하지 못하는 것뿐이다.

역시 딱한 순간은 우리말로 쓰인 원고를 들여다보고 매만지고 다듬는 일을 하며 먹고사는 편집자가 '다름'과 '틀림'을 구분하지 못할 때다. 나는 그동안 이 두 가지 말이 서로 다르다는 것을 몰라서, 혹은 알지만 순간의 부주의 탓에 잘못 사용하는 편집자들을 적지 않게 보았다. 그중에는 실무 경력이 상당한 편집자도 있었다. 명색이 편집자가 다른 것과 틀린 것조차 구분하지 못하는 장면을 볼 때면 차마 잘못을 바로잡아줄 수는 없었지만 같은 일을 하는 사람으로서 민망함을 감추기가 여간 어렵지 않았다.

편집자는 언어학자나 문법학자가 아니어도 문법 체계를 갖춘 언어를 다루는 일을 한다. 그렇다고 거창한 일은 아니다. 한글맞춤법, 표준어규정, 외래어표기법 등을 전반적으로 이해하고 실무에 적절히 활용할 수 있다면 편집을 하는 데 큰 무리가 없다. 오히려 편집자에게 중요한 것은 언어나 문법 지식이 아니라 문장 감각이다. 그러나 내가 경험한바 언어와 문자의 차이를 알지 못하고 다른 것과 틀린 것조차 헷갈리는 편집자는, 심하게 말하면 문장 감각도 별 볼 일이 없었다.

# 때로는
# 보이는
# 것이
# 전부 같아서

추천사는 책의 표지나 띠지를 장식하곤 한다. 저명인사의 추천사는 책의 내실과 수준을 보증하는 역할을 하며 책을 홍보하거나 판매를 촉진하는 수단이 되기도 한다. 추천사를 읽고 책을 사는 독자는 많지 않겠지만 책을 사기 전에 추천사를 읽는 독자는 많을 것이다. 편집자에게 추천사는 씨앗과 같다. 편집자는 그 씨앗이 사람들 입에 떠들썩하게 오르내리는 소문으로 무성하게 자라 튼실한 열매를 맺길 염원해 마지않는다. 최근에는 다독가로 알려진 전직 대통령이 자신의 SNS 계정을 통해 추천한 책들이 연이어 화제를 불러일으키며 베스트셀러에 올랐다. 이러한 책들은 평소에 책을 사서 읽지 않던 사람들까지도 지갑을 열게 한다. 난데없이 수지맞은 출판사와 서점에는 전직 대통령의 '강력한' 추천사가 넝쿨째 굴러 들어온 호박이나 다름없었을 것이다.

일반적으로 추천사는 저자와 친분이 있으면서 대중에게 이름이 알려진 사람이 쓴다. 저자 주변에 마땅한 인사가 없는 경우 편집자가 적당한 필자를 물색하여 청탁하기도 한다. 과거에는 어지간해선 추천사에 값을 매기지 않았는데 요즘은 소정의 고료를 지불하는 것이 관례인 듯하다. 어느 분야에나 몸값 높은 추천사 필자들이 있다. 몸값이 높다는 것은 원고료를 평균 이상으로 지급해야 한다는 말이기도 하지만 실은 그들에게서 추천사를 받는 일 자체가 어렵다는 뜻이다. 아무래도 그들은 추천사를 써달라는 편집자의 부탁을 수락하기보다 거절할 때가 더 많다. 바쁘다고 둘러대지만 추천사를 부탁받은 책에 자신의 이름을 얹고 싶지 않아서다. 편집자로서는 이쯤에서 더는 고사 이유를 궁금해하지 않는 편이 정신건강에 좋다. 한편 인심이 후한 추천사 필자들도 더러 있다. 화제가 되고 있는 책을 살펴보면 어김없이 그들의 익숙한 이름과 의미심장한 추천의 글부터 눈에 들어온다. 이름난 저자들은 사이좋게 추천사를 주고받기도 한다. 추천사 품앗이라 할 만하다.

정도에 차이는 있을지 몰라도 추천사는 대부분 책의 실제 가치보다 부풀려질 때가 많다. 그러므로 걸러서 봐야지 곧이곧대로 믿으면 곤란하다. 간혹 책보다 추천사가 더 돋보일 때도 있다. 신출내기 편집자 시절에 나는 어느 유명 시인의 신작 시집을 만든 적이 있다. 원고 꾸러미에서 수록작을 추리는데 함량 미달로 보이는 시가 적지 않았다. 이러구러 그러모아 시집의 꼴을 갖추긴 했지만 내 눈에는 차마 시라고 부르기 민망한 작품이 여럿 들어갔다. 시집의 추천사는 대개 저자에게 부탁을 받은 동료 시인이나 비평가가 쓰곤 한다. 이 시인은 어느 비평가의 이름을 말하고 그에게 추천사를 받아달라고 했다. 일반인들에게는 낯설어도 문단의 원로이자 문학계에 공헌한 바가 적지 않은 분이었다. 나는 그에게 연락하여 저간의 사정을 설명했고 그가 청탁을 수락하여 수록작 원고를 보냈다. 얼마 뒤 추천사가 들어왔다. 한국 시단에서 시인의 위상과 문학적 성취, 새 시집의 의의를 간결하게 적어 내려간 더없이 자상하고 기품 있는 글이었다. 하지만 나는 이 고명한 비평가가 본의 아니게 독자를 기만하고 있다는 생각을 떨칠 수 없었다. 추천사를 받은 뒤에 나는 비평가와 잠시 전화로 대화를 나누었다. 그는 편집자인 내게 시집에 수록된 작품들에 대한 실망감과 당황스러움을 숨기지 않았다. 나는 훗날 시인의 원고가 이전에 어떤 출판사에서 반려되었다는 사실을 우연히 알게 되었다. 그곳은 시인의 널리 알려진 첫 시집이 나온 출판사였다. 비평가는 오래전에 그 출판사의 대표를 지낸 적이 있었다. 추천사는 으레 인간관계와 이해관계에 따라 쓰이곤 하는 글이다.

많은 사람의 추천사로 도배가 된 듯한 책은 왠지 미덥지 않아 보인다. 마치 인맥 자랑을 하고 싶어 안달이 난 사람을 보는 것만 같다. 근래에 책을 만드는 사람이 쓴 어떤 책을 반가운 마음에 집어 들었다가 나도 모르게 눈살을 찌푸리고 말았다. 뒤표지가 저자와 친분이 있는 것으로 보이는 각계 인사의 추천사로 고스란히 뒤덮여 있었다. 대부분 책을 만드는 사람으로서 저자의 실무 능력과 인품을 기리는 글이었다. 물론 나는 그 글들 대부분이 진실에 가까울 거라 생각했지만 그러한 글들을 훈장처럼 주렁주렁 달고 나온 그 책이 편집자의 책으로는 걸맞지 않은 것 같다는 생각을 지울 수 없었다.

오래전에 나는 어떤 책의 추천사를 쓴 적이 있다. 그 책은 내가 편집을 했고 내가 쓴 추천사는 뒤표지에 실렸다. 뭔가 이상하지 않은가? 사실 그것은 내가 다른 사람의 이름으로 쓴 추천사였다. 책은 나름대로 대중에게 알려진 언론인이 쓴 음악 에세이였다. 라디오 음악 프로그램을 진행하며 고전음악과 음악가들에 대한 단편적인 감상을 써 내려간 글을 모은 것이었다. 처음으로 책을 내는 저자는 여러모로 의욕이 넘쳤다. 하지만 냉정하게 말하면 그는 필력이 뛰어나지도 않았고 음악에 대해 해박한 편도 아니었다.

하지만 고전음악을 즐겨 듣고 가끔 공연장을 찾기도 했던 나는 책을 공들여 만들었다. 이 책에는 세 사람이 추천사를 쓰기로 되어 있었다. 모두 저자의 지인이었다. 두 사람의 글은 저자가 직접 받아 왔고 나머지 한 사람에게는 저자의 부탁으로 내가 연락을 했다. 텔레비전과 뉴스를 보는 시민이라면 누구나 알 만한 사람이었다. 전화를 받은 그는 경황이 없는 듯했다. 출판사에서 적당히 추천사를 만들어 자신이 확인할 수 있도록 해달라고 했다. 처음 겪는 일이었기에 무척 당황스러웠지만 나는 그렇게 할 수 없다고 말할 처지가 아니었다. 위에다 사정을 보고하고 두 문장짜리 어설픈 추천사를 써서 그에게 확인을 받았다. 그리고 그의 이름으로 뒤표지에 실었다. 분명 비윤리적인 일이었다. 저자에게는 이 일에 대해 아무 말도 하지 않았다. 나중에 오며가며 들은바 편집자가 추천사를 대신 쓰는 것은 업계에서 그리 특별한 일이 아니었다. 한동안 이 책을 떠올리면 늘 불쾌했다.

이 책을 쓴 사람은 이후에도 몇 권의 책을 더 내면서 출판계에서도 활발하게 활동했다. 나중에는 이른바 '진보 인사'로서 정치권의 굵직한 행사를 진행하기도 하고 유의미한 관련 단체의 장을 지내기도 했다. 그랬거나 말거나 이 사람을 생각하면 나는 '공짜'라는 말부터 떠오른다. 그는 하루가 멀다 하고 내게 메일을 보냈는데 그 내용은 대부분 신간을 포함해 회사에서 출간된 이런저런 책을 집으로 보내달라는 것이었다. 그는 자신이 책을 낸 출판사에서 펴내는 책은 무엇이든 무상으로 받을 권리가 있다고 여기는 듯했다. 점점 정도가 심해져 대표이사에게 넌지시 이야기했지만 '관리'가 필요한 저자여서 그랬는지 들어주라는 말만 들었다. 내가 다른 회사로 이직을 하고 후임으로 온 편집자도 이 저자의 공짜 책 사랑에 학을 떼었다고 전해 들었다. 눈에 보이는 것이 전부가 아니다.

편
집
후
기

최근에 인터넷 서점을 둘러보다가 이름이 널리 알려진 작가가 가볍게 읽을 만한 에세이를 펴낸 사실을 알게 되었다. 과거에 그의 이름은 한동안 한국문학을 대표했다. 내게도 그의 작품을 탐독한 시절이 있었다. 그의 신간 에세이는 지난날 같은 직장에서 처음 만나 가까이 지냈던 작가가 운영하는 출판사에서 출간되었다. 뒤표지를 보니 살뜰한 추천의 글이 보기 좋게 놓여 있었다. 추천사를 쓴 사람은 젊은 날 내가 의지하고 존경했던 시인이었다. 잘 나가던 작가는 어느 땐가 뜻하지 않게 불미스러운 일에 휘말렸다. 공개적으로 진솔한 사과 한마디를 했더라면 별 문제 되지 않았을 일이었는데 작가는 그가 쓰던 글과 같이 머뭇머뭇할 뿐 말하기를 꺼렸고 실망한 독자들은 이내 그에게 등을 돌렸다. 나도 그중 한 사람이었다. 당시에 유려한 글쓰기로 소문난 글쟁이들이 짐짓 작가를 감싸고 보듬는 말들은 유독 알아듣기 어려웠다. 그 무렵 겪은 환멸 탓에 한동안 한국문학을 읽지 않았다.

에세이를 쓴 작가의 마음은 알 수 없다. 하지만 이 책을 펴낸 발행인과 추천사를 쓴 시인의 마음은 어렴풋하게나마 알 것 같다. 하지만 그 마음들의 선함이나 아름다움 따위를 말하는 것이 무슨 의미가 있을까. 때로는 눈에 보이는 것이 전부 같아서 쓸쓸할 뿐이다.

# 원고는
# 불완전하다

　원고는 불완전하다. 인간의 사고가 완전하지 않기에 피할 수 없는 일이다. 편집은 원고의 모자라고 부족한 점들을 보완해나가는 과정이다. 불완전한 원고의 양태는 다양하다. 과연 책이 될 수 있을까 싶은 허접한 원고부터 조그마한 흠조차 찾아보기 어려울 만큼 완성도 높은 원고까지 편집자가 마주할 수 있는 원고의 형편은 오만 가지다. 물론 모든 편집자는 완성도 높은 원고를 손에 쥐고 싶어 한다. 하지만 그런 원고가 편집자의 손에 들어올 확률은 매우 낮다. 분야를 막론하고 완성도 높은 원고를 만들어낼 수 있는 사람의 수는 언제나 한정적이기 때문이다. 출판계에서도 그런 사람들은 대가라고 일컫는다. 대가는 "전문 분야에서 뛰어나 권위를 인정받는 사람"을 뜻하는 말이라 하니 합당하다. 그들의 원고는 보통 일에 도가 트인 편집자들이 맡는다.

익히 예상할 수 있겠지만 대가들의 원고는 고칠 데가 별로 없다. 이른바 '딸기밭', '포도밭'이 되기 일쑤인(붉은색, 푸른색으로 교정 교열 사항이 잔뜩 표시된) 일반적인 원고들과 달리 그들의 원고는 어지간하면 편집자의 개입을 차단할 때가 많다. 그들은 대체로 원고에 대한 편집자의 의견은 귀담아듣지만 편집자가 자신의 원고에 손대는 것은 그리 달가워하지 않는다. 자신의 전문 분야에 대한 탁월한 지식과 자신이 원고에 들이는 남다른 공력에 기인하는 심리다. 실제로 명백한 오탈자를 제외하고 토씨 하나 고치지 못하게 하는 대가들도 있다. 아직 업계의 사정에

편집 후기

밝지 않은 편집자가 어쩌다 그들의 원고를 맡아 들여다보면서 낱말이나 문장의 구조를 바꿨다가 경을 친 일도 과거에는 적지 않았다. 그들은 편집자로부터 자신의 권위에 걸맞은 존중을 받고 싶어 한다. 그들의 권위를 보증하는 것이 바로 그들의 원고다. 하지만 잊지 말아야 할 것이 있다. 원고는 권위가 아니라는 점이다.

원숭이도 나무에서 떨어질 때가 있다. 대가라고 해서 다르지 않다. 그들도 알게 모르게 실수를 저지른다. 강조하건대 원고는 불완전하다. 원고를 쓴 사람의 권위는 존중해야 마땅하지만 그것을 그의 권위와 동일시해서는 곤란하다. 자칫하면 편집자가 원고에 짓눌리는 불상사가 생기고 만다. 원고에 짓눌린 편집자의 눈에는 대가의 실수가 잘 보이지 않는다. 나아가 그는 원고는 불완전하다는 명제마저 망각하게 된다. 그런 편집자가 책을 제대로 만들 가능성은 크지 않다. 편집자는 기억해둘 필요가 있다. 원고는 권위가 아니다. 권위라 해도 문제없는 것이 있다면 그것은 바로 팩트다. 대가들도 팩트 앞에서는 겸손하다.

편집이라는 일을 하다보면 그것을 느낄 때가 많다.

원고의 불완전한 특성은 애초 우리말로 쓰인 텍스트보다 다른 나라 말을 우리말로 옮겨놓은 텍스트에서 더 자주, 더 많이 드러난다. 이를테면 오역은 그 어떤 번역자도 피할 수 없는 일이다. 정도의 차이가 있을 뿐 모든 번역 원고에는 오류가 상존한다. 실력 좋은 번역자들의 원고에는 상존하는 오류가 적다. 번역의 명수들이 업계에서 높이 평가받는 까닭이다. 물론 그들은 여느 번역자들보다 보수도 더 많이 받는다. 특별 대우를 받는 것은 역시 손에 꼽는 대가들이다. 그들은 편집자들의 무한 신뢰를 받는다. 하지만 그들 역시 실수를 한다. 때로는 어이없는 오역을 범하기도 하고 미처 사실관계를 확인하지 못해 권위에 값하지 않는 불찰을 저지르기도 한다. 오역을 확인하고 바로잡는 일은 번역자와 편집자 사이에서 대단히 조심스럽게 이루어져야 한다. 팩트 체크는 두 사람 모두 그보다는 가볍게 할 수 있는 일이다.

근래에 나는 오래전부터 외국문학 독자들에게 꾸준히

읽혀온 어느 프랑스 철학자의 유명한 에세이를 다시 편집한 적이 있다. 과거의 원고를 정비하고 표지를 교체하는 이른바 리뉴얼 작업이었다. 이 책을 우리말로 옮긴 사람은 원로 프랑스문학자로, 프랑스문학 번역의 대가이기도 했다. 서두에는 이 책에 부치는 알베르 카뮈의 글이 붙어 있었다. 글을 읽어가다가 카뮈가 허먼 멜빌의 「화요일」이라는 작품을 언급하는 문장에서 잠시 멈추게 되었다. 멜빌이 쓴 작품 중에 「화요일」이라는 제목을 가진 것이 있는지 문득 궁금했다(전에 나는 멜빌의 『모비 딕』에 관한 책을 만든 적이 있었다. 당시 멜빌에 대해 많이 알게 되었다). 원문을 찾아보니 번역자가 '화요일'이라고 옮긴 낱말은 'Mardi'였다. 프랑스어로 'mardi'는 화요일이라는 뜻이다. 멜빌이 자신의 작품에 굳이 프랑스어로 제목을 붙인 것이 의아스러웠다. 알고 보니 카뮈가 언급한 멜빌의 작품은 「화요일」이 아니라 「마디」였다. 「마디」의 원제는 'Mardi: and a Voyage Thither'다. 'Mardi'는 멜빌이 소설을 위해 지어낸 가상의 군도群島를 가리킨다. 사소한 실수지만 늘

게라도 바로잡을 수 있어서 다행이었다.

문학 창작을 하거나 인문 학술적인 글을 쓰는 사람들은 동서양 고전의 수많은 구절들을 예사로 끌어와 자신의 글에 활용하곤 한다. 과거에도 그랬고 오늘날도 마찬가지다. 일반 독자들에게는 생소할 수 있어도 학자나 연구자등 전문 지식을 가진 독자들은 대개 그런 구절들의 뜻과유래를 정확히 알고 있다. 대가들이라면 더 말할 것도 없다. 하지만 일평생 자신의 전공에 일로매진한 그들도 일순간 방심하다가 체면을 구기곤 한다. 또다시 말하지만원고는 권위가 아니다. 원고를 들여다보다가 전거가 있는구절들을 맞닥뜨리면 다소 번거롭고 귀찮더라도 하나하나 확인해볼 필요가 있다.

얼마 전에는 우리나라의 근대 소설 한 권을 편집했다. 호남 지방의 토속어가 시도 때도 없이 튀어나오고 풍자와 해학이 넘쳐나는 작품이었다. 국문학계의 원로 학자가자청해 정본화 작업을 마친 원고가 손에 들어왔다. 오늘날의 독자들이 어려움 없이 읽을 수 있도록 텍스트를 가

다듬고 설명이 필요한 낱말이나 구절에 주석을 단 원고였다. 낯설기 짝이 없는 말들을 마주할 때마다 각주를 하나하나 확인하며 원고를 읽어나갔다. 그러다 "경지영지하시니 불일성지라더니"라는 구절을 만나 역시 주석을 들여다보았다. '경지영지'라는 말에는 다음과 같은 주석이 달려 있었다. "境地英智. 뛰어난 지혜의 경지에 이르다." 한문에 까막눈인 내 눈에도 뭔가 석연치 않은 뜻풀이였다. 앞뒤 문맥을 살펴도 마찬가지였다. 사실 나는 이 구절의 뜻을 어렴풋이 알고 있었다(『맹자』의 앞부분만은 여러 번 읽었기 때문이다). 하지만 대학 시절 이 책에 주석을 단 학자가 쓴 책들을 읽으며 국문학을 공부했던 나는 혹시라도 '경지영지'라는 말이 내가 모르는 다른 뜻으로 쓰이는 경우가 있나 싶어 한참을 알아봤지만 그런 뜻은 찾을 수 없었다.

경지영지經之營之는 『맹자』「양혜왕장구상梁惠王章句上」에 나오는 말이다. 양혜왕에게 인의仁義에 바탕한 정치에 대해 설파하던 맹자는 왕이 말귀를 알아듣게끔 『시경』(「대아大雅」)에서 마침맞은 구절 하나를 따온다(왕이 영대를 짓기 시작하여 이를 헤아리고 도모하시니 백성이 달려와 일해주는지라 며칠이 안 되어 완성되었도다經始靈臺 經之營之 庶民攻之 不日成之). 우리가 흔히 쓰는 '경영經營'이라는 말이 이 '경지영지'에서 비롯된 것으로 알려져 있다. 이 소설을 쓴 작가는 어린 시절 서당에서 한학을 공부했다. 그는 아마도 논맹論孟을 줄줄 읊었을 것이다.

'Mardi'를 '화요일'로 옮긴 사람과 '經之營之'를 '뛰어난 지혜의 경지에 이르다'로 옮긴 사람 모두 대가이다. 그들이 원고에 남기는 실수란 겨우 이 정도에 불과하다. 이만한 흠은 편집자가 메꿔주면 그만이다. 그것은 원고의 불완전함을 극복해가는 과정의 일부일 뿐이다. 하지만 팩트 앞에서는 모두가 평등하다. 완성도 높은 원고를 생산해내는 대가들은 편집자만큼이나 그 사실을 잘 알고 있다.

# 책 속에
## 숨기

책에서 저자가 하려는 말의 핵심은 당연히 본문에 들어 있다. 나머지는 모두 본문의 곁가지다. 곁가지라고 해서 무시해도 좋다는 말은 아니다. 편집자는 책을 만들 때 곁가지도 알뜰살뜰 챙겨야 한다. 역사나 사회과학, 자연과학 분야의 책은 학술서든 교양서든 주석이나 참고 문헌, 찾아보기 등의 곁가지에서 만듦새와 완성도가 결정되기도 한다. 일반 독자는 알아차리지 못하는 실수도 편집자의 눈에는 보이기 마련이다. 곁가지에서 드러나는 책의 빈틈은 대부분 편집자의 뒷심이 부족하여 생긴다. 내가 뒷심 부족한 편집자였기에 그런 책을 대할 때마다 안타깝다.

흔한 일은 아니지만 편집자가 직접 곁가지를 만들 때도 있다. 보통은 본문과 관련된 글을 쓰는 일이다. 인문서를 펴내는 출판사에 몸담았던 시절에 재일 정치학자 강상중 교수의 독서 에세이를 편집한 적이 있다. 그때 나는 저자가 본문에서 다루는 책들을 미처 읽지 못했을 독자를 위해 짤막한 소개 글을 써서 책에 끼워 넣었다. 근래에 재직했던 회사에서는 북클럽 회원들에게 배포하는 비매품 문고본에 독자에게 보내는 편지 형식의 글을 써서 편집 후기처럼 붙이기도 했다. 모두 자원해서 쓴 글은 아니었지만 나름대로 유의미한 곁가지였다고 생각한다.

서문은 책 속으로 들어가는 문과 같다. 글의 길이와 상관없이 대단히 중요하다. 무엇보다도 저자가 책을 쓴 목적과 책에서 다룰 내용을 소개하는 글이기 때문이다. 국문학자이자 문학비평가인 고故 김윤식 교수는 생전에 자신이 쓴 책들의 서문만 모아서 한 권의 책을 펴내기도 했다(『김윤식 서문집』, 사회평론, 2001). 작가 장정일은 이름난 서양 고전들의 서문을 모아 한 권의 책으로 엮었다(『위대한 서문』, 열림원, 2017). 이것으로도 서문이란 되는대로 쓰는 글이 아님을 짐작할 수 있다. 독자는 책의 서문을 읽고 본문을 읽을지 말지 결정하기도 한다. 대부분의 저자는 본문을 마무리 짓고 나서 서문을 쓴다(이 책의 저자인 나도 그렇게 했다).

후기는 매우 흥미로운 곁가지다. 차례를 훑어본 뒤 서문이나 본문을 건너뛰고 곧장 후기부터 읽으러 가게 되는 책도 있다. 그래서 후기가 없는 책을 보면 내심 허전하다. 후기는 저자가 본문의 내용을 큰 틀에서 다시 한번 정리하며 시작하는 경우가 많다. 집필 과정에서 있었던 일이나 책을 출간하는 감회, 독자에게 바라는 점 등등의 내용이 이어지고 보통은 집필과 출간에 각별히 도움을 준 사람들에 대한 감사 인사로 끝을 맺는다(영어로 쓰인 책들에는 대개 '감사의 말'이라는 글이 따로 실려 있다). 후기가 없는 책은 이런 내용들이 서문에 실린다.

자주 만나는 선배 편집자가 있다. 그는 오랫동안 역사 책을 만들었고 직접 집필을 하기도 한다. 언젠가는 새로 나온 교양 역사서 한 권이 화제에 올랐다. 박물관에서 오랫동안 학예사로 일한 사람이 쓴 책이었다. 이야기를 나누다가 그이가 책을 출간하는 데 선배가 이런저런 도움을 주었다는 것을 알게 되었다. 그는 대학 선배인 저자의 부탁으로 바쁜 중에도 짬을 내 원고를 꼼꼼히 읽고 책의 꼴을 갖출 수 있도록 구성을 손봐주었다. 그뿐만 아니라 책을 출간할 만한 출판사를 연결해주었고 실제로 그곳에서 책이 나왔다. 증정본을 받은 선배는 표지를 넘겨 머리말을 살펴보았다. 저자가 순조롭게 책이 나올 수 있도록 도움을 준 자신에 대한 감사의 말을 남기지 않았을까 싶었던 것이다. 하지만 머리말에는 감사의 말 자체가 없었다. 차례에 맺음말이 보이기에 찾아 읽어보니 자신이 재직한 박물관 관계자 몇몇에 대한 사의만 보였다. 선배는 이야기를 마치며 허탈하게 웃었다. 그는 편집자와 저자가 하는 일 모두를 잘 이해하는 사람이다. 편집자로서는 더없이 성실하게 책을 만들 뿐 공치사 따위를 하는 성품도 아니다. 그런 사람이 어지간히 속이 상한 듯해 마음이 좋지 않았다.

원고를 보는 눈이 예사롭지 않은 후배 편집자가 있다. 같은 회사에서 얼마간 함께 일했다. 그가 언젠가 섬세한 사유와 유려한 문장으로 대중에게도 인기가 높은 이름난 문학비평가의 책을 만든 적이 있다. 한때 나도 연을 맺었던 분이라 그가 부러 부탁하여 저자에게 서명까지 받아 내게도 한 권을 건네주었다. 서문을 읽다가 저자가 편집자에게 감사의 마음을 전하는 대목을 만났다. 가히 찬사라 할 만했다. 그가 이 책을 만드는 데 얼마나 공을 들였을지 눈에 선했다. 뒷날 그를 만나 책을 만든 과정에 대해 물어보았지만 그는 그저 겸손한 얼굴로 미소 지을 뿐이었다. 그가 책을 만드는 태도에 저자가 감명하지 않을 수 없었으리라 생각했다. 내가 아는 저자는 마음에 없는 소리를 할 사람이 아니었기 때문이다.

책 만드는 일을 하기 전에는 저자와 편집자의 관계 같은 것에는 관심이 없었다. 서문이나 후기를 읽다가 편집자 이야기가 나오면 기껏해야 오탈자를 꼼꼼히 잡아주었나보다고 생각하는 정도였다. 편집자가 되고 나서 일이 조금씩 손에 익어갈 무렵부터는 책에 실리는 편집자의 이름에도 시선이 오래 머물렀다. 책을 읽다가 '아무개 편집자는 원고를 읽고 나에게 이런저런 중요한 조언을 해주었다' 같은 대목을 맞닥뜨리면 도대체 '이런저런 중요한 조언'이 무엇인지 무척 궁금했다. 막연하나마 나도 저자에게 뭐가 됐든 중요한 조언을 할 수 있는 편집자가 되고 싶었다. 그런데 책을 만드는 과정에서 저자와 편집자 사이에 오가는 말들은 일목요연하게 정리하기 어렵다. 굳이 그럴 필요가 없는 일이기도 하다. 편집자에게 이런저런 도움을 받았다는 저자의 말은 대부분의 독자에게는 별 의미가 없다.

신입 시절에는 내가 본 교정지를 선배들이 일일이 점검해주었다. 가끔은 선배들이 본 교정지를 내가 확인하기도 했다. 이른바 '크로스(교)'라는 것이다. 그들의 교정지를 보면 간혹 서문이나 후기에 저자가 치사와 함께 써놓은 편집자의 이름에 붉은색 삭제 부호가 표시되어 있었다. 선배가 교정을 보다가 자신의 이름을 빼버린 것이었다. 이를테면 '책을 출간하기까지 물심양면으로 애써준 편집자 아무개에게 감사한다'라는 문장은 이렇게 수정될 터였다. '책을 출간하기까지 물심양면으로 애써준 편집부에 감사한다.' 짐작건대 독자에게 편집자의 이름이 무슨 상관이란 말인가, 아마도 그런 마음이 아니었을까. 일을 시작한 지 얼마 되지 않았을 무렵에는 알량한 인정 욕구가 있었다. 판권에 인쇄된 내 이름을 손가락으로 슬며시 쓸어보기도 했다. 내 이름이 책에 실리는 것을 남세스러워하게 될 때까지는 오랜 시간이 걸렸다.

예전에 한문학자 정민 선생에게서 헌책 한 권을 선물로 받았다. 그의 이름을 독자들에게 널리 알린 책이었다. 책을 펴보니 면지에 짤막한 글이 적혀 있었다. "지지향의 아름다운가게에 들렀다가 헌책으로 나온 책과 만났다. 안쓰

러워 내 책을 돈 주고 사 와서 내 글 때문에 고생하는 오경철 선생에게 선물한다. 한 시절 인연의 이름으로." 당시 나는 그의 방대한 원고를 붙들고 있었다. 그는 그저 일을 하는 사람의 마음을 알아주었던 것이다. 편집자가 저자에게 받는 치사로서 이 정도면 차고 넘치는 것이 아닌가 싶다.

요즘은 서문이나 후기에서 책을 만든 편집자의 이름을 찾기 어렵지 않다. 아무래도 편집자가 수행하는 역할이 과거에 비해 어지간히 확장되었기 때문일 것이다. 더러는 호들갑스럽기만 할 뿐 찬사인지 허사인지 구분되지 않는 말들이 눈을 어지럽힐 때도 있지만 말이다. 편집자에 대한 저자의 치사 따위 없는 책도 수없이 많다. 잘못되었다고 생각하지 않는다. 내가 한때 일했던 출판사의 책들은 판권에 단출하게 발행인의 이름만 실렸다. 책을 만드는 데 힘을 보탠 여러 사람들의 노고를 가벼이 여기는 듯해 전에는 그런 출판사를 탐탁지 않게 보았다. 근래에는 생각이 바뀌었다. 책 속에 가만히 숨어 있고 싶은 편집자도 있지 않을까? 한때 출판계에서 명성을 날렸던 철학자가 자기 책을 만든 편집자의 공을 치하한답시고 저자인 자신의 이름과 편집자의 이름을 책 표지에 나란히 올려 화제가 되었던 적이 있다. 이런 일이 생각나면 책 속에 더욱더 꼭꼭 숨고 싶다. 어떤 종류의 호명에는 무뎌지고 무심해지고 싶다.

**덧붙이는 말.**    책을 만들 때 편집자가 저자나 역자에게 존중의 마음을 갖는 것은 당연한 일이고 때로는 필요한 일이기도 하다. 하지만 자신이 만드는 책의 저자나 역자를 맹목적으로 신뢰하거나 심지어 추앙하기까지 하는 모습은 꼴사납다. 이런 일은 특히 편집자가 출판계에서 이름난 저자나 역자가 쓰거나 번역한 책을 만들 때 자주 일어난다. 거기에는 자신이 그들의 원고를 손에 쥔 편집자라는 사실을 드러내고 싶어 하는 욕구가 노골적으로 반영되어 있다. 대개 민망하고 별난 일이다.

지난날 편집자가 저자나 역자의 심부름꾼이나 집사쯤으

로 인식된 데에는 회사에 많은 돈을 벌어다주는 책을 쓰거나 번역해준 이들을 과잉 대우한 출판계의 오랜 악습이 미친 영향이 크다. 그런 폐단 때문에 편집자는 특정한 저자나 역자와 파트너가 되지 못하고 두 사람 사이에는 바람직하지 못한 위계가 생기고 만다.

유명한 저자나 역자의 책을 만들 때면 그들을 무턱대고 치켜세우는 편집자들을 종종 보게 된다. 같이 일하는 파트너에 대한 그들의 과도한 기림은 직업적 타성 같기도 하고 무의식중에 몸에 밴 버릇처럼 보이기도 한다. 지나친 경우 신발을 바꿔 신듯 편집 인생 최고의 저자나 역자를 갈아 치우기도 한다.

어떤 저자가 책을 한 권 내고는 널리 이름을 알리기 시작했다. 가능성을 알아본 여러 출판사 편집자들이 너도나도 구애의 손길을 내밀었다. 성실한 저자인 그는 뒤이어 책을 낼 때마다 화제를 불러일으키며 출판계의 블루칩이 되었다. 적지 않은 편집자들에게 그는 최고의 저자였다. 그러나 재기 발랄했던 그는 그만 뜬구름 같은 영광에 취해버렸고 몇 번의 의도치 않은 실수로 오명 아닌 오명을 덮어쓴 채 소리 소문 없이 업계에서 자취를 감추고 말았다. 그의 책을 만들며 입이 닳도록 그를 추어올렸던 편집자들이 가장 먼저 그를 잊었다. 그들은 이미 또 다른 최고의 저자가 쓴 책을 만드느라 여념이 없었기 때문이다.

# 우리말은
# 아름답지 않다

(…) 우리가 장미라 부르는 건

다른 어떤 말로도 같은 향기 날 거예요.

_윌리엄 셰익스피어, 「로미오와 줄리엣」

편집자는 말을 다루는 사람이다. 여기서 말하는 말은 모국어다. 모국어는 외국어와 상대되는 말이다. 그것은 제 나라 말이라서 정겹고 애틋하다. 편집자에게는 더더욱 그러할 것이다. 오래전부터 '아름다운 우리말'이라는 말을 여기저기서 자주 들어왔다. 출판업계에 발 디디기 전에는 그런 말을 들으면 그런가보다 했다. 국문학과에 적을 두고서도 그랬다. 우리말은 아름답다는 말은 당연한 말이다 싶었다. 그러다 대학을 졸업할 무렵 우연히 한국어를 포함한 언어 일반에 관한 몇 권의 책을 읽으면서 내가 당연시했던 이러한 말이 잘못되었다는 것을 알게 되었다. 학교에서는 아무도 가르쳐주지 않은 것이었다.

개인들은 말할 것도 없고 언론이나 관련 행정 부처에서도 '우리말은 아름답다'라는 말들을 예사로 쓴다. 한글날 즈음이면 더욱 심하다. 사실 한글과 한국어는 운명 공동체가 아니다. 우리말을 표기할 수 있는 문자가 존재한다는 것은 축복에 가까운 일이지만 한글과 한국어는 공생共生하고 공사共死하는 관계는 아니다. '우리말은 아름답다'라는 말은 우리말을 아끼고 사랑해야 한다는 마음이 지나치게 깊어지고 넓어져 우리말은 아름다운 것이라는 정언定言으로까지 나아간 것에 지나지 않는다. 어쭙잖게나마 우리말을 다루는 일에 기대어 먹고사는 사람이지만 나는 우리말이 아름답다고 생각해본 적이 없다.

한국어는 아름답지 않다. 영어도 중국어도 러시아어도 마찬가지다. 언어는 아름답지 않다. 우리말은 우리나라 사람이 쓰는 말이다. 단지 그러한 것일 뿐이다. 한국어는 지구라는 행성에 모여 사는 사람들이 사용하는 다양한 언어 가운데 하나다. 게다가 사용하는 사람도 그리 많지 않다. 만약 한국어가 아름답다면, 나아가 아름다운 언어가 존재한다면, 반대로 한국어처럼 아름다운 언어와 달리 아름답지 않은 언어도 우리가 사는 세상에 존재해야 한다. 그런데 그런 언어가 있을까? 혹시 그런 언어를 알고 있으신지?

이런 오류가 마치 상식이자 양식처럼 통용되는 데에는 '우리말'이라는 낱말에 대한 잘못된 이해가 일조하는 것처럼 보인다. '순우리말'이라는 낱말이 있다. 우리말 중에서 고유어만을 일컫는 말이다. 고유어는 한 나라 사람들이 본래부터 사용해온 말이다. 그 말이 사용되어온 역사

속에서 변천하고 발달해온 말 또한 고유어다. 고유어의 고유어를 찾자면 '토박이말'이라고 할 수 있다. 토박이말이 아님에도 마치 토박이말처럼 쓰이는 말이 많다보니 토박이말에 대한 토박이들의 애착은 자연스레 강해지기 마련이다. '아름다운 우리말'은 종종 '아름다운 순우리말'로 읽힌다. 거기에는 이제 사용하는 사람이 없는, 그래서 사라지고 잊혀가는 순우리말에 대한 토박이들의 남다른 사랑이 넘치도록 투사되어 있다. 그 사랑의 진실함을 알지 못하는 것은 아니나 그럼에도 '우리말은 아름답다'라는 주장은 오류다. 말은 그저 말일 뿐이다. 언어에는 아름다움도 추함도 없다.

저마다 아름답게 들리는 우리말이 있다. 누군가 이렇게 말했다.


한국말은 참 아름다워요. 나는 윤슬이라는 말을 좋아해요. 정말 아름다운 말이지 않아요?

사전에 따르면 윤슬은 "햇빛이나 달빛에 비치어 반짝이는 잔물결"이라는 뜻이다. '물비늘'이라는 말이 참고어로 제시되어 있다. 윤슬과 물비늘 모두 고유어, 즉 토박이말이다. 잔물결도 마찬가지다. 햇빛이나 달빛에 비쳐 잔물결이 반짝이는 장면을 한번 상상해보자. 그 장면은 그 장면을 아름답다고 느끼는 사람 누구에게나 아름다울 것이다. 물론 아름답다고 느끼지 않는 사람이나 아무런 감정을 느끼지 못하는 사람 또한 있을 것이다. 그러나 일단 그 장면이 아름답다고 느끼는 사람들 편에 서보자.

윤슬이라는 말이 없다면, 윤슬이라는 말로 정의하지 않는다면 그 장면은 아름답지 않은 것이 될까? 아마 그렇지 않을 것이다. 당연히 그런 장면을 가리키는 남의 나라 말도 있을 것이다. 그렇다면 아름다운 것은 윤슬이라는 말인가, 아니면 윤슬이라는 말로 풀이되는 특정한 장면인가? 윤슬이라는 말을 모르는 사람도 그 말의 뜻을 아는 사람과 다름없이 윤슬(이라는 장면)을 아름답게 느낄 수 있을 것이다.

윤슬을 아름다운 한국어라고 할 수 있을까? 곰곰 생각해보자. 윤슬이라는 말 자체에는 아무런 아름다움도 없다. 어감이 사랑스럽다고, 그래서 아름답게 들린다고 한다면 수긍할 수 있다. 하지만 윤슬이라는 말은 윤슬이라는 말로 정의되는 장면을 직접 눈으로 보고 어떤 식으로든 마음이 움직인 사람들, 그중에서도 한국어를 사용하는 사람들에게만 '아름다운 우리말'로 오해될 가능성이 크다. 무언가 아름답다고 느끼는 것은 심상心象에 가깝다. 심상은 특정한 언어에 대한 미감과는 상관이 없다. 자연언어에 고유의 아름다움이 있다고 믿어서는 곤란하다.

언젠가 한국에서 한국어를 배우는 외국인들에게 한 언론 매체에서 아름다운 한국어를 꼽아달라고 설문한 것을 본 적이 있다. 여기에는 질문 자체에 오류가 있었다(좋아하는 한국어를 꼽아달라고 했더라면 문제없었을 것이다). 외국인들은 대다수 한국인이라면 익히 예상할 수 있는 말들을 꼽았다. 사랑, 안녕, 아름답다, 별 등등. 이는 사실 한국어를 배우는 외국인들이 그 말들 하나하나가 한국이라는 나라에서 어떤 언어 사회적 맥락에서 쓰이는지를 체감한 결과라고 보아야 할 것이다. 그들이 사랑이나 안녕 따위의 말들을 아름답다고 느끼는 까닭은 저 말들이 지니고 있는 결, 즉 언어 사회적 콘텍스트를 모국어 사용자 수준에서 이해하고 몸으로 익혔기 때문일 것이다(번역이 어려운 일인 것도 이와 밀접한 관련이 있다). 언어가 입에서만 맴도는 수준을 넘어 몸에 익으면 자연스럽게 언어에 대한 심상이 생긴다. 그리고 그 심상은 간혹 편견으로 잘못 나아간다.

우리말은 아름답다는 말에는 본의 아니게 우리말 이외의 어떤 언어는 아름답지 않다는 주장(배제와 차별)이 담길 수 있다. 언어는 가치 판단의 대상이 되어서는 안 된다. 한국어는 아름답다는 말은 한국인은 아름답다는 말과 비슷하다. 말은 말일 뿐이고 사람은 사람일 뿐이다. 극단적으로 말하자면 언어는 민족이나 피부색과 같은 것이다. 민족이나 피부색에는 아름다움도 추함도 없다.

일제가 식민지 조선 사람들의 모국어 사용을 통제하

고 탄압한 것은 조선의 언어가 제 나라 언어보다 아름다워서가 아니었다. 그것은 조선 사람들이 제 나라 말로 자신의 생각을 자유롭게 표현하지 못하도록 하기 위해서였다. 심지어 그들은 조선말 이름조차 쓰지 못하게 했다. (앞에서 한국어를 배우는 외국인들에게 아름다운 '조선말'을 꼽아달라고 설문을 시행한 언론 매체는《조선일보》다.《조선일보》는 일제에 부역한 대표적인 신문이다.) 이렇게 일제의 탄압으로 우리말을 자유로이 쓰지 못했던 가슴 아픈 역사가 한국어 순결주의를 불러온 것은 아닐까? 거기에 담긴 우리말 사랑은 정겹고 애틋하고 나아가 고귀하다. 하지만 순결한 언어라는 것은 존재하지 않는다. 그런 것이 존재하리라는 생각은 불온하다. 순결한 언어가 존재한다는 생각과 크게 다르지 않은 망상이 아우슈비츠와 같은 인류의 비극을 만들어냈다. 아름다운 것이 있다면 그것은 언어가 아니라 문장이다. 오로지 사람의 감정과 생각이다. 언어는 그러한 감정과 생각을 담는 그릇일 뿐이다. 한국어는 아름답지 않다. 하지만 한국어로 쓰인 이러한 시는 눈물

겹도록 아름답다.

　너도 아니고 그도 아니고, 아무것도 아니고 아무것도
아니라는데…… 꽃인 듯 눈물인 듯 어쩌면 이야기인 듯
누가 그런 얼굴을 하고,
　간다 지나간다. 환한 햇빛 속을 손을 흔들며……
　아무것도 아니고 아무것도 아니고 아무것도 아니라는
데, 온통 풀냄새를 널어놓고 복사꽃을 울려놓고 복사꽃을
울려만 놓고,
　환한 햇빛 속을 꽃인 듯 눈물인 듯 어쩌면 이야기인 듯
누가 그런 얼굴을 하고……

_김춘수, 「서풍부」 전문

# 문학책을 만든다는 것

예술가의 삶은 고달프다. 대다수 예술가는 가욋일을 하지 않고 창작 활동만으로 생계를 꾸려가기가 어렵다. 문학작품을 창작하는 사람들도 마찬가지다. 먹고사는 데 지장이 없을 만큼 인세 수입을 유지하는 작가는 손에 꼽는다. 대부분 글만 써서는 생활을 꾸려갈 수 없기 때문에 창작 이외의 다른 일들을 병행하는 경우가 많다. 그러지 않으면 계속 글을 쓰는 사람으로 살기가 어려운 것이다. 문학 서적은 활발히 소비되는 재화가 아니기에 어쩔 수 없는 일이다. 아주 가끔 시집이 몇십만 부씩 팔리며 베스트셀러가 되는 일이 있는데 그럴 때 언론에서는 그것을 기현상이라고 부를 정도다. 극소수 유명 작가의 작품을 제외하면 문학책은 많이 팔리지 않는다. 경제적 관점에서 출판 기획이란 한마디로 돈이 될 만한 책을 궁리하는 일인 까닭에 어지간해서는 돈이 되지 않는 문학책을 적극적으로 기획하는 출판사는 그리 많지 않다. 게다가 문학 분야는 출판 기획의 통상적인 방법론이 좀처럼 통하지 않는 속성을 갖고 있다. (저자와 작가는 동의어가 아니다. 그런데 근래에는 출판계에서조차 글을 써서 책을 낸 사람이라면 누구나 작가라고 일컬어지는 듯하다. 이 글에서 내가 쓰는 '작가'라는 말은 한국의 시인, 소설가 등 문인을 가리키고 '문학'이라는 말은 대체로 문단에서 이루어지는 활동이나 그 산물을 뜻한다.)

작가에게 돈이 될 만한 작품을 한번 써보라고 제안하는 출판사가 아예 없지는 않을 것이다. 그런 제안을 받아들인 작가가 한몫 잡아보자 마음먹고 쓴 책이 장안의 지가를 올린 일도 있을 것이다. 하지만 전통적인 문학 수업을 받으면서 독서와 습작에 매진한 뒤 등단이라는 제도적 절차를 거쳐 공식적으로 작가가 된 사람이라면 십중팔구 그러한 제안에 부응하지 못할 것이다. 무엇보다도 그들은 자신의 글이 돈이 될 만한지 그렇지 않은지를 염두에 두고 글을 쓰기 시작한 사람들이 아니며(돈 버는 데 혈안이 된 작가들이 없지 않지만 그들 역시 처음부터 그랬던 것은 아니다), 문학적 글쓰기란 오롯이 글을 쓰는 사람의 자발적 의지로 이루어지는 일이기 때문이다. 그가 누구든 작가가 창작을 하는 데에는 거창한 명분 같은 것이 없다. 그것은 그저 자기가 하고 싶어서 하는 일일 뿐이다. 뭐가 됐든 쓰지 않으면 안 되고 쓸 수밖에 없어서 그들은 낮이고 밤이고 책상 앞에 엉덩이를 붙이고 앉아 있는 것이다.

작가는 다른 어떤 존재보다 자기에게 관심이 많다. 작가가 글을 쓰는 것은 고스란히 자기에게 골몰하는 일이다. 골몰하는 이유와 형태는 다양하지만 어떤 골몰도 자기를 벗어나지는 않는다. 특히 문학 창작의 시작은 그러할 때가 많다. 많은 작가들이 자기 문학의 출발점에 대한 고백을 남기고 있다. 한국문학의 거목인 소설가 이청준은 오래전 어느 창작집의 후기에서 자신의 문학적 글쓰기가 "자기구제"의 한 형식으로서 시작되었다고 밝혀두었다(이청준, 『소문의 벽』, 민음사, 1972). 작가의 손을 떠나 공공의 영역 속으로 들어간 문학작품은 저마다 나름의 의미와 가치를 얻으면서 제 운명을 향해 나아간다. 하지만 그 시원에는 "자기구제" 같은 말로 표현할 수 있는 더없이 사사롭고 내밀한 작가의 욕망이 자리한다. 작가가 글을 쓰는 것은 본디 자기 때문이고 자기를 위해서다.

오늘날 세계에서 가장 유명한 작가는 누구일까? 나는 일본 소설가 무라카미 하루키를 꼽겠다. 그는 어느 날 응원하는 팀의 경기를 구경하러 야구장에 갔다가 문득 자신이 소설을 쓸 수 있을지도 모른다는 생각을 하게 됐다. 그러고는 몸소 운영하던 재즈 바에서 일을 마치고 나면 자신의 데뷔작이 될 소설(『바람의 노래를 들어라』)을 써나갔다. 널리 알려진 이야기다. (하루키는 불현듯 소설을 쓰기 시작했지만 평생 일본 문단과는 거리를 둔 채 작품 활동을 해 왔다.) 여전히 세상 곳곳에는 젊은 날의 하루키처럼 한순간 무언가에 홀린 듯이 문학작품을 쓰기 시작하는 사람들이 셀 수도 없이 많다. 이러한 일은 실제로 글을 쓰기 시작한 사람 말고는 아무도 미리 기획할 수 없다. 일의 바탕이 이러한 까닭에 출판 기획의 통상적인 방법론이 문학 분야에는 먹히지 않을 때가 많은 것이다. 그리고 편집자가 원고에 개입할 여지가 매우 적은 것도 문학 분야다.

비문학 분야의 책을 만드는 편집자는 대부분 원고에 다각도로 깊숙이 끼어든다. 그렇게 끼어드는 것이 그들이 주로 하는 일이다. 그들은 저자에게 집필의 방향을 제시하기도 하고 원고가 들어오면 내용을 검토한 뒤 본문의 수정이나 경우에 따라서는 재집필을 요청하기도 한다. 책의 제목은 말할 것도 없을뿐더러 장 제목과 소제목을 직접 뽑아 붙이기도 하고 본문의 순서를 다시 배치하기도 한다(여러분이 읽고 있는 이 책도 물론 이와 같은 과정을 거쳤다). 원고를 사이에 놓고 저자와 편집자는 머리를 맞대고 책을 만들어간다.

반면 문학 편집자는 어지간해서는 저자의 원고에 손을 댈 수가 없다. 문학작품의 원고는 출판 기획이 아니라 고유하고 독창적인 창작의 산물(예술)일 때가 많기 때문이다. 그러므로 창작자가 아닌 사람(편집자)은 그것을 책의 재료로 예사롭게 다룰 수가 없다. 문학작품의 원고에는 구두점 하나, 따옴표 하나, 말줄임표 하나에도 예민한 창작자의 의도가 반영되어 있다. 이는 사실 한국문학 출판계의 독특한 문화로 봐야 할 것이다. 영미 문학 출판계에서는 편집자가 작가의 집필 과정에 적극적으로 개입하여 원고를 수정하게 하고 다시 쓰게 하기도 한다(제임스 미치너의 『소설』에는 이러한 풍경이 그럴듯하게 그려져 있다). 문학 편집에서 작가와 편집자의 관계를 이야기할 때 자주 거론되는 사람이 레이먼드 카버의 편집자였던 고든 리시다. 그는 카버의 대표적인 소설집 『사랑을 말할 때 우리가 이야기하는 것』에 실린 대부분의 작품을 뜯어고친 것으로 유명하다. 그가 손을 대지 않은 카버의 원고 원본이 따로 출간되었을 정도다(『풋내기들』). (고든 리시에 대한 카버의 평가가 흥미롭다. "……그는 대단히 영리하고, 원고를 고치는 데 있어서 매우 예리한 사람이랍니다. 훌륭한 편집자예요. 아마도 위대한 편집자일 겁니다.") 한국문학 출판계의 풍토와 동떨어진 이야기다. 우리의 문학 편집자들이 고든 리시처럼 일했다가는 대번에 일자리를 잃고 말 것이다.

내가 생각하기에 문학 편집자의 중요한 일 가운데 하나는 '관리'인 것 같다. 대표적으로는 마감 관리다. 문학작품은 몇몇 문학 출판사들에서 정기적으로 발행하는 문예지를 통해 독자에게 처음 소개될 때가 많다. 단행본은 출간 일정을 조정할 수 있으나 문예지에 실리는 작품은 그렇지 않다. 청탁을 받은 작가가 마감을 지키지 못하면 펑크다(실제로 펑크를 내는 작가가 적지 않다). 문학 편집자는 작가가 마감을 어기지 않고 집필을 무사히 끝마칠 수 있도록 각별히 신경을 써야 한다. 마감 관리는 문학 편집자에게 대단히 중요한 일이다. 작가는 창작을 하는 사람이기 때문이다. 그들이 쓰는 글은 주제도 콘셉트도 대상 독자도 명확하지 않을 때가 많다. 세부 목차 등이 담긴 기획안 따위도 없다. 그들은 보통 본인의 창작 의지 말고는 의지할 것이 아무것도 없는 백지상태에서 원고를 써나간다. 자칫하면 어그러질 가능성이 높은 일인 것이다. 상투적인 말이지만 창작은 고독한 작업이다. 문학 편집자의 일은 이 고독한 작업이 순조롭게 마감될 수 있도록 작가를 독려하는 것이다. 나는 좋아하는 소설가의 책을 편집한 적이 있다. '작가의 말'에서 저자는 여러 명의 편집자들을 호명한 뒤 이렇게 썼다. "그들은 성실한 내 독자였고 마감 때마다 나를 독려해주었다."

긴 시간은 아니었지만 나는 문학 편집자로 일하며 소설집, 장편소설, 시집, 평론집 등을 만들었다. 나의 자리는 부서장과 가까운 곳에 있었다. 덕분에 그가 사무실에서 어떻게 일하는지 자세히 살펴볼 수 있었다. 그는 당대 한국문학을 대표하는 작가들의 책을 여럿 만들었다. 하지만 그가 일과 시간에 사무실에서 교정지를 들여다보는 모습은 좀처럼 볼 수 없었다. 그럼 그는 무엇을 했는가? 통화를 했다. 통화가 그의 일이었다. 사무실에서 그는 오랫동안 전화기를 붙들고 있을 때가 많았다. 하루도 빠짐없이 그를 찾는 전화가 걸려 왔고, 그 또한 날마다 누군가에게 전화했다. 그가 통화하는 사람들은 모두 작가였다. 한쪽의 말밖에 들을 수 없었지만 통화의 레퍼토리는 사사로운 잡담부터 문단 뒷이야기까지 다양했다. 종종 외부에 나가서 문인들을 직접 만나기도 했지만 전화 통화야말로 그가 관리 업무를 수행하는 대표적인 방법이었다.

문학의 장場은 비좁다. 이른바 문단이라고 불리는 사회는 문단 밖에서 창작을 하는 사람들 눈에는 매우 배타적이고 문학과 상관없는 일반인에게는 관심 밖의 영역이다. 문학은 문제적인 사회 현상들에 즉각적이고 구체적으로 반응하지 못한다. 대중의 욕망에 무감하거나 그들의 욕망과 영합할 생각이 없을 때가 많다. 이는 문학이 시장에서 좀처럼 인기를 얻지 못하는 이유이기도 하다. 그런데 사실 문학은 그렇지 않을 때가 별로 없었다. 그것은 문학의 잘못이 아니라 한계라고 말하는 것이 적절하다. 일반적으로 예술을 추구하는 일들은 이러한 한계로부터 자유롭지 못하다.

헤아릴 수 없을 만큼 많은 글이 유통되는 시대다. 잘하면 글도 돈이 되기 때문일 것이다. 이러한 시대에 어지간히도 장사가 되지 않는 문학책을 만드는 일은 문학작품을 쓰는 일만큼이나 고독할 때가 있다. 그럼에도 문학책을 만드는 일이 지속되는 것은 문학작품을 쓰는 일에 삶을 걸고 매진하는 예술가들이 존재하기 때문이다. 그들 대부분은 자신이 쓰는 글이 돈이 되지 않으리라는 것을 잘 알지만 그렇다고 해서 글쓰기를 멈추지 않는다. 그들의 궁극적인 희망은 돈방석을 깔고 앉는 것이 아니라 아직 존재한 적이 없는 세계를 자기만의 방식으로 구축하는 것이다. 그리고 그들은 이러한 작업의 가능성과 전망을 알아보는 안목을 갖춘 편집자가 자신과 함께해주기를 바라 마지않는다. 내 생각에 문학 편집이라는 일의 의미는 여기서부터 찾아야 할 것 같다.

4부

# 그만두기

혼자 있는 것이 편하다. 혼자 하는 일을 선호한다. 다른 사람과 함께하는 시간, 같이 하는 일은 힘겹다. 사회생활을 시작한 이후로 그렇지 않은 적이 없었다. 나의 사회생활은 대부분 조직 생활이었기 때문이다. 사회생활이 영위되는 대표적인 공간이 바로 회사다. 많은 사람들이 먹고 살기 위해 회사에 모여 일정한 시간을 특정한 사람들과 보낸다. 일정한 시간을 특정한 사람들과 한곳에서 보내는 것이 조직 생활의 기본 룰이다. 혼자 있는 것이 편하고 혼자 하는 일을 선호하는 사람은 이러한 룰 때문에 조직에 매이기를 기피하기 마련이지만, 조직으로부터 이탈하거나 독립하는 데에는 응분의 대가가 따른다는 것 또한 모르지 않는다.

회사에 다니는 사람들은 대부분 월요일을 싫어한다. 조직에 매여 일할 때마다 내가 월요일을 싫어했던 것은 주말이라는 잠깐의 이탈 혹은 독립의 시간이 막을 내리고 내 의지와는 무관하게 다른 사람들과 같은 공간에서 꼼짝없이 공유해야 하는 시간이 재개되는 날이었기 때문이다. 그래서 내게 월요일은 타인을 가장 견디기 어려운 날이기도 했다. 끔찍할 정도였다. 나만 그랬으리라 생각하지 않는다. 코로나 팬데믹으로 일 년 넘게 출근과 재택근무를 병행한 경험이 있다. 언젠가 상황이 호전되어 예전처럼 사무실의 모든 자리가 가득 차 있을 장면을 떠올리면 가슴이 답답해진다는 동료들의 말을 종종 들었다. 회사원에게 재택근무는 공적으로 승인된 이탈 혹은 독립의 시간이기도 했던 것이다.

하루에 여덟 시간 이상을 다른 사람들과 같은 공간에서 보내는 일의 연원이나 내력을 캐고 싶은 마음은 없다. 다만 그 일은 자주 기괴하게 느껴진다. 일을 하고 회사에서 받는 돈이 사실은 노동의 대가가 아니라 어떤 현상을 견디는 일의 대가처럼 여겨질 때가 있다. 어쩌면 노동이 아니라 인내야말로 조직 생활자들의 실질적인 생계유지 수단일지도 모른다. 견디지 못하면 먹고사는 일이 고달파진다. 출근길이면 머릿속에는 그저 퇴근 생각뿐이다. 집에서 나오자마자 집에 가고 싶다(간혹 회사를 집처럼 생각하는 사람들을 보게 되는데 그들과 가까운 사이가 되기란 불가능하다). 정말이지 혼자가 되고 싶다.

어떤 이유에서든 월급쟁이가 회사를 그만두는 것은 일상의 평온을 깨뜨리는 커다란 사건이다. 며칠 밤낮 고민해도 퇴사는 좀처럼 결정하기 어려운 일이다. 부양가족이 있는 사람에게는 사치스럽고 부질없는 고민일 것이다. 단출한 처지라 해도 마치 빚쟁이처럼 들이닥칠 막막한 시간, 재취업에 대한 불안이나 두려움 따위에 발목을 잡히기 일쑤다. 자발적 이탈이나 독립에는 혹독한 대가가 따른다. 하여 퇴사를 고민하는 사람들 대다수는 하릴없이 사직서를 도로 서랍 속에 넣고 만다.

나도 별다르지 않았다. 조직 생활을 멈추고 싶을 때마다 내 마음을 외면하려 애썼고 외면한 마음을 되도록 빨리 추슬렀다. 그러지 않을 도리가 없었다. 체질적으로 내게 맞지 않는 생활이라는 것을 잘 알았지만, 조직에 매이지 않고 혼자 힘으로 먹고살 배짱이 없었다. 과도한 스트레스에 술이나 들이붓다가 잠드는 날이 많았다. 출근할 때 거울을 보면 술이 덜 깬 망령 같은 얼굴이 나를 물끄러미 바라보고 있었다. 그럴 때면 아예 마음이 사라진 듯한 기분이었다.

나는 마음이 없는 이상한 사람이 되어 회사에 나가, 역시 마음이 없는 것처럼 보이는 이상한 사람들과 함께하는 시간을 견뎠다. 어쩐 일인지 그 시간은 점점 더 느리게 가는 듯했다. 더는 견딜 수 없는 지경에 다다르면 앞뒤 재지 않고 회사를 그만두었다. 더는 마음이 없는 이상한 사람으로 살 수 없었다. 하지만 오래 걸리지 않아 그만둔 것을 후회하기 시작했다. 프리랜서나 자영업자의 생계는 절박하지 않을 때가 없는 것이다.

　마루가 깔린 아담하고 고즈넉한 사무실에서 시도 때도 없이 한숨을 내쉬던 편집자가 있었다. 작은 공간이었기에 그곳에서 일하는 사람이라면 누구나 그의 거친 한숨 소리를 들을 수 있었다. 높다란 파티션 너머에서 들려오는 그 소리에는 부정적인 감정이 잔뜩 묻어 있었다. 미처 단속하지 못한 듣기 민망한 단절음이 섞여 나오기도 했다. 그가 커다란 소리를 내며 신경질적으로 교정지를 정리할 때면 나도 모르게 촉각이 곤두섰다. 그는 자신의 감정을 다스리지 못했다. 나는 그가 조직 생활의 기본 룰을 지키기 위해 안간힘을 다하고 있다는 생각이 들었다. 그는 사람들의 관심을 받는 사회적인 활동을 오랫동안 활발히 해온 사람이었다. 나는 그 사실을 알고 있었다. 하지만 회사에서 그는 지나칠 만큼 말수가 적었다. 간혹 전체 회식 자리에서 옆자리 사람들에게 미소를 지으며 상냥하게 말을 건네는 모습이 낯설어 보일 정도였다. 오가다 스치듯 그의 얼굴을 보게 될 때면 마음이 한없이 무거워졌다. 무언가를 대단히 불편해하고 불쾌해하는 얼굴이었다. 나는 그와 가까워지지 못했다.

그 무렵 나는 얼마 되지 않는 동료들 사이에서도 겉돌았다. 인간관계는 개선될 기미가 보이지 않았다. 엎친 데 덮친 격으로 팀장이 외국으로 연수를 떠난 사이, 회사에서 책을 냈던 저자가 뜬금없이 상궤에서 벗어난 조건으로 새 단행본 계약을 종용하며 나를 압박해왔다. 팀장이 돌아오면 상의해서 처리하자고 여러 차례 말했으나 막무가내였다. 매섭게 눈보라가 치던 어느 날 회사에 찾아와 나를 밖으로 불러낸 그는 왜 계약을 추진하지 않는지 집요하게 추궁했다. 회사 대표는 본인이 나서야 할 상황에서 얼굴을 비치지 않았다. 나는 이 생활을 얼마나 더 견딜 수 있을까 싶었다.

절간 같은 사무실 한구석에서 어김없이 한숨 소리가

흘러나왔다. 그 소리가 못 견딜 만큼 듣기 싫었다. 거칠게 교정지를 다루는 소리도 마찬가지였다. 도대체 왜 그러는지 따위 이제 궁금하지도 않았다. 나는 그가 그만 견뎠으면 했다. 다른 사람들을 위해서, 그리고 스스로를 위해서도. 정확히 기억나지는 않는다, 그가 먼저였는지 내가 먼저였는지. 오래지 않아 그와 나는 둘 다 그곳을 그만두었다. (훗날 그는 출판사의 발행인이 되었다. 자신이 회사 밖에서 열심히 하던 활동을 바탕으로 한, 색깔이 뚜렷한 책들을 지금도 부지런히 펴내고 있다. 나는 그곳보다 작은 규모의 출판사로 이직했지만 얼마 버티지 못했고 한동안 집에서 소일했다.)

혼밥이니 혼술이니 하는, 머지않아 사전에 등재될 법도 한 시쳇말이 등장하기 훨씬 전부터 나는 혼자서 밥을 먹고 혼자서 술을 마시는 일 따위가 아무렇지 않은 사람이었다. 내가 대학을 다니던 시절만 해도 밖에서 혼자 밥을 먹는 젊은이는 십중팔구 왕따로 여겨졌다. 당시에도 나는 사람들의 시선에 그다지 신경 쓰지 않았다. 사는 데 불편함이 없었기 때문이다. 내향적인 사람들이 대개 그렇듯 나는 사람을 사귀는 데 소극적이었다. 친구도 손에 꼽을 정도였다. 하지만 사는 데 지장이 없었다. 사회에 나와 먹고살기 위해 직업을 가진 뒤로도 나는 여전히 혼밥과 혼술을 고수할 때가 많았다. 그러자 어느새 살아가는 데 적잖은 불편함과 지장이 생겨나기 시작했다. 그것을 감수하고 감내하는 것도 오롯이 내 몫이었다.

편집자가 된다는 것은 회사원이 된다는 뜻이다. 조직 생활을 해야 한다는 것이다. 혹시 책 만드는 일을 하고 싶은 마음이 생겼다면 자신이 어떤 사람인지 찬찬히 돌아보면 좋겠다. 우리가 사는 세상에는 다른 사람들과 부대끼지 않으면서 할 수 있는 일도 적지 않다. 다시 직업을 선택할 수 있는 때로 돌아간다면 나는 다소 늦게 돈벌이를 시작하더라도 혼자서도 지치지 않고 오래 할 수 있는 일을 찾는 데 많은 시간과 노력을 들일 것 같다. 편집자로 일을 해오며 그러지 못한 것을 자주 후회했다. 젊은 날의 시간은 안단테로 흘러간다. 자신이 어떤 사람인지 알게 되었다면 자신에게 맞는 일을 찾는 것이 바람직하다. 비교하고 대조하는 세상의 잣대에 스스로를 억지로 맞춰가며 살 필요는 없다. 그러면 적어도 회사를 그만두는 것이 습관이 되는 일은 미연에 방지할 수 있다.

**덧붙이는 말.** 사회생활을 하는 사람이라면 누구나 인간관계에 어려움을 느끼지 않을까? 이는 관계를 맺지 않으면 살아갈 수 없는 근대인의 숙명 같다. 아무리 생각해도 기괴한 일 아닌가? 이런 일이 비롯되는 메커니즘은 엄청 단순하다. 시쳇말로 '먹고사니즘'.

먹고사니즘은 자본주의 시장을 한 발짝이라도 벗어나면 생존에 위협을 받는 운명을 타고난 근대인의 견고한 의지와 그들에게 부여된 강력한 당위가 빚어낸 우리 세계의 제일 강령이라 할 만하다. 먹고사니즘에 복무하기를 중단하지 않는 한 우리는 마땅히, 그리고 온전히 우리의 것이어야 할 시간의 일부를 자신의 바람과 상관없이 다른 인간들과 맺어진 관계에 저당 잡힌 채 살아내야 한다. 길게 설명할 필요도 없다. 인간관계가 버거운 것은 우리 모두에게 지극히 당연한 일이다. 지극히 당연한 일에 모쪼록 자신의 소중한 에너지를 쓰지 않았으면 좋겠다.

편집자들이 기타 직종에서 일하는 사람들보다 교양과 지식의 수준이 높은 것은 어느 정도 사실이다. 그들이 만드는 책이라는 제품은 우리가 흔히 접하는 여느 재화들과 달리 정신문화의 산물이라는 점을 떠올리면 그럴 만한 일이다. 하지만 인간관계의 어려움이 갖는 본질은 서로 관계를 맺는 사람들의 교양이나 지식수준 따위와 대체로 무관하다. 시장에서 일하는 존재들인 우리의 욕망에는 위아래가 없다. 누구의 것이든 욕망의 본질은 적나라하다.

그래서였을 것이다. 만나고 싶지 않은 사람들과 만나서 견뎌야 하는 올가미 같은 시간에 지칠 때마다 나는 책에 대한 사랑을 잃어갔다. 올가미에서 풀려나면 나의 작지만 아늑한 서재로 돌아가기보다 번화가 술집으로 걸음을 옮길 때가 많았다.

책도 인간이 쓰지만 적어도 책은 읽기 싫으면 덮어버릴 수 있다. 돌이켜보면 편집은 책을 사랑하는 마음 하나 때문에 시작한 일이다. 그 마음을 잃는다면 이 일을 해야 할 이유 또한 없다. 언젠가 나는 같은 공간에서 일하던 사람들 모두에게 메일로 이런 퇴사 인사를 남겼다. '아무리 인간에게 시달리더라도 책을 좋아하는 마음을 잃지 말기를 바랍니다.' 물론 '아무리 인간에게 시달리더라도'라는 말은 뺐다.

# 취향
# 문제

.

과거에 알던 어떤 편집자는 언제나 책을 가지고 다녔
다. 나는 그가 책을 손에 들거나 옆구리에 끼고 어딘가로
총총 걸어가는 모습을 자주 보았다. 혼자일 때나 다른 사
람들과 함께 있을 때나 마찬가지였다. 멋모르는 누군가가
그 모습을 본다면 잘난 척깨나 하는 사람이라고 여겼을지
도 모를 일이었다. 그가 책을 몸에 지니고 다니는 것은 꼭
읽기 위해서만은 아닐 거라고 짐작했다. 가끔 그와 함께

점심을 먹으러 가곤 했다. 그는 손에 매번 다른 책을 쥐고 있었는데 내 기억으로는 신간일 때가 많았다. 관심을 둔 분야의 눈에 띄는 새 책은 편집자를 설레게 한다. 때로는 읽기도 전에 책의 물성을 느끼며 만듦새를 살펴보는 것만으로 가슴이 두근거린다. 길지 않은 점심시간에도 그가 손에서 책을 놓을 수 없었던 것은 어쩌면 이 같은 종류의 소소한 쾌락 때문이 아니었을까. 쾌락은 대부분 찰나적이지만 책이 그에게 가져다주는 쾌락만은 그렇지 않은 모양이었다.

그가 손에 쥐고 있는 책에 대해 지나가듯 몇 마디 물어보면 그는 기다렸다는 듯이 두 눈을 반짝이며 이야기를 풀어놓기 시작하곤 했다. 그럴 때 그는 이미 그 책을 여러 번 읽고 완벽하게 이해한 사람 같아 보였다. 책을 둘러싼 시시콜콜한 이야기는 촘촘하게 곁가지를 쳐나갔으며 영원히 끝나지 않을 듯 쉴 새 없이 이어졌다. 그의 입에서는 알쏭달쏭한 서양 책들의 제목과 그 저자들의 이름이 줄줄이 흘러나왔다. 사이사이 그 책들의 내용과 역사적 의의며 가치 따위에 대한 설명 또한 거미줄처럼 뻗어나갔다.
그럴 때 그는 자신의 이야기에 흠뻑 도취된 듯한 얼굴이
었다. 혼잣말을 하는 것처럼 보이기도 했다. 과문한 나는
그가 자못 진지하게 경외와 찬탄 어린 눈빛으로 설명하는
먼 나라의 저자들과 그들이 쓴 책들에 대해 충분히 알지
못할 때가 많았기에 하릴없이 고개만 주억거릴 뿐이었다.
그는 아마도 자신의 이야기를 듣는 사람이 당연히 자신과
비슷한 관심사와 지식수준을 가졌으리라 전제했던 것 같
다. 아니면 청자의 사정에는 그다지 관심이 없었는지도.
어쨌거나 나는 서구 지성사에 관한 그의 해박함에는 매번
놀라지 않을 수가 없었다.

　나는 그만두었다가 몇 년 만에 다시 들어간 어떤 출판
사에서 그를 처음 만났다. 하지만 입사하기 전부터 주위
편집자들에게서 그에 관한 이야기를 적잖이 들었다. 그
는 그 출판사에 처음으로 인문팀을 만들어 몇 명의 동료
들과 함께 일하고 있었다. 그는 오랫동안 인문과 학술 분
야의 책을 만들어온 베테랑 편집자였다. 더불어 서구 문

학 전통에도 조예가 남달랐다. 그가 만드는 책들은 본디 영어나 유럽어로 쓰인 것이 대부분이었다. 문학과 역사와 철학 전반에 걸쳐 어지간한 교양과 지식이 없는 독자라면 읽기에 버거워 보이는 책이 적지 않았다. 국내에 미처 소개되지 않았거나 거의 알려지지 않은 낯선 저자들의 책도 심심찮게 출간했다. 때로는 주제가 지나치게 협소하거나 시의성이 거의 없어 보이는 번역서들 또한 눈에 띄었다. 그가 만들어내는 책들의 목록은 그의 기획 방향을 고스란히 보여주었다. 그것은 그의 팀 전체의 기획 방향이나 마찬가지였다.

　그가 기획하는 책들은 디자인 또한 남달랐다. 그의 안목을 뒷받침할 가외 비용이 투입된 결과였다. 한솥밥을 먹는 디자이너들이나 편집자들에게는 그 자체로 질시의 대상이 될 수 있던 일이었다. 그러한 일들이 합리적인지 아닌지 판단하는 것은 내 소관이 아니어서 나는 무심한 척했다. 다만 나는 그가 궁리하여 세상에 선보이는 책들이 인문서를 읽는 독자들이나 동료 편집자들에게 어떻게 받아들여질지 무척 궁금했다. 나 역시 인문서라고 불러도 될 만한 책을 종종 편집했고 그런 책을 시간을 내서 읽는 사람이었기 때문이다. 나는 그의 기획이 기존 인문 출판사들의 도서 목록과 차별점을 만들면서 독자의 지지와 시장의 관심을 얻어 인문 출판 시장 전체가 활로를 늘려 가는 데 기여하길 기대했다. 그의 부서에 인적 물적 지원을 아끼지 않은 경영진의 바람도 아마 이와 비슷했을 것이다.

하지만 그가 공들여 내놓은 인문서들은 대부분 시장에서 고전을 면치 못했던 것으로 기억한다. 빛나는 책이 없었던 것은 아니지만 그에 걸맞은 실속을 챙겼는지는 알수 없었다. 그 책들은 누가 봐도 특별한 양서良書라 할 만했으나 독자의 눈길은 그 특별함에 오래 머물지 않는 듯했다(시장의 눈초리는 매일같이 쏟아져 나오는 책들 거의 전부에 싸늘하다). 수많은 책들의 운명이 그렇듯 그 책들도 초판조차 소화하지 못하고 창고에 차곡차곡 쌓여 있었을 것이다. 자연스러운 일이었을까, 시간이 흐를수록 그의 팀에서 책이 나오는 속도가 느려졌다. 내가 아는바 베스트셀러를 만들지 못하더라도 편집자가 이윤 추구 조직에 속한 사람으로서 품위를 유지할 수 있는 거의 유일한 방법은 출간 일정을 지키는 것이다. 그러나 한번 흐트러진 일정을 정비하기란 여간 어려운 일이 아니다. 십중팔구 그런 일정은 유명무실해진다. 짐작하건대 그의 팀은 그런 지경에 빠졌을 것이다.

본사 사옥과 외따로 떨어진 사무실에 틀어박혀 그는 혼자만의 방식으로 책을 만드는 일에 골몰하는 것처럼 보였다. 직장인이고 관리자였지만 마치 세속을 등진 사람 같기도 했다. 그를 찾는 사람은 드물었다. 그는 오히려 그렇게 고립된 듯한 상황을 편안히 여기는 것 같았다. 가끔 나는 특별한 이유가 없어도 그의 사무실 문을 두드렸다. 커다란 버드나무 몇 그루가 풍경화처럼 보이는 테라스에 그와 마주 앉아 그가 내려준 커피를 마시며 줄담배를 피웠다. 이전만큼 열정적이지는 않았지만 그럼에도 책이 화제로 오르면 그의 눈에는 오래된 열정이 비쳤다. 알고 보면 그는 웃음이 많은 사람이었다. 그런 자리에서 왜 그가 실없이 웃곤 했는지 나는 그 까닭을 어렴풋이 알 것 같기도 했다.

그는 실패한 편집자였을까? 모르겠다. 다만 그는 확고한 자기 세계를 가진 편집자였던 것 같다. 여기서 자기 세계는 취향이라는 말로 바꿔도 무방하지 않을까 싶다. 취향은 고집이 세다. 편집자의 취향이라고 다르지 않다. 항상 의식하며 적절히 단속하지 않으면 기획의 감각이 균형을 잃기 십상이다. 가장 대표적인 예는 시나브로 독자의 존재와 시장의 냉정함을 망각하는 것이다. 어쩌면 그의 기획 속에는 독자를 위한 공간이 다소 적었던 게 아닐까?

나는 그토록 많은 인문서를 편집한 그에게 시장을 면밀히 들여다보는 눈이 없었다고 생각하지 않는다. 그의 박학다식은 여느 편집자는 명함도 내밀지 못할 수준이었다. 나는 더없이 소탈한 그의 사람됨을 좋아했다. 책을 만드는 일이 힘에 부칠 때마다, 인간관계의 너저분한 어려움들에 봉착할 때면 선배인 그에게 심적으로 의지하기도 했다. 하지만 어느새 그는 편집자라기보다 문헌학을 연구하는 사람 같아 보였다. 그는 언제나 사물과 현상을 분석적으로 바라보았고 필력은 섬세하면서도 날카로웠다. 여러모로 학문을 했더라면 좋았을 사람이라는 생각을 자주 했다. 편집자로서 그는 막판에 운이 없었다.

우리나라 출판계, 특히 인문서 시장은 자가 성장 동력이 부족하여 여전히 물질적 정신적 빈곤에 시달리고 있다. 자가 성장 동력의 핵심은 사람이지만 불행하게도 한국의 인문학자들은 논문과 연구 실적에 매달리지 않으면 바로 생존을 위협받는다. 운 좋게 학교에 자리 잡고 교수가 된 사람들은 논문과 연구 실적에 매달리는 일을 이어가고, 기회를 잡지 못한 사람들은 그 일을 작파하고 입에 풀칠을 하기 위해 험난한 생활 전선으로 뛰어든다. 손에 꼽는 몇몇 저자만이 적잖은 돈을 주고 사서 읽어도 후회하지 않을 만한 인문서를 간간이 써낸다. 규모와 상관없이 진지한 인문서를 펴내는 출판사들이 다양하고 새로운 인문 담론이 지속적으로 생산되는 서구의 출판 시장으로 눈을 돌릴 수밖에 없는 까닭이 여기에 있다.

고등교육과 독서를 통해 인문적 소양을 함양한 편집자들은 서구 지식 사회의 고급 콘텐츠를 발굴하는 데 열심이고 그것들을 적극적으로 들여와 국내 독자들에게 선보이려 한다. 매우 협소하고 토대마저 허약한 우리 인문서 시장의 사정을 돌아보면 여러모로 바람직한 일이다. 다만 하나 경계해야 할 것은 본의든 아니든 독자와 시장의 존재를 냉철하게 의식하지 않는 무분별한 기획이다. 주지하듯이 세상에 좋다고 하는 책은 하고많다. 하지만 책은 모종의 가치를 부여받을 때 비로소 세상에 존재할 진짜 이유를 얻는다. 책에 가치를 부여해 그것을 세상에 존재하게 하는 것은 편집자가 아니라 결국 독자다. 그리고 독자는 편집자의 어렴풋한 기대 속이 아니라 시장에 있다. 고급 독자이기도 한 인문서 편집자들이 외서 기획을 할 때 이 점을 되새겨보면 좋겠다. 나를 포함하여 인문서를 만

편집
후기

224

드는 편집자들의 염원도 역시 더 많은 독자여야 한다고
생각한다. 그것이 그들의 변함없는 지상 과제다.

## 편집자의
## 간판

예전에 만들었던 책이 문득 생각나 찾아볼 때가 있다. 그렇다고 다시 읽어본 적은 별로 없다. 여러 번 읽으면서 매만진 원고가 어엿하게 책이 되어 나오면 오히려 읽고 싶은 마음이 사그라들 때가 많다. 한번 식어버린 마음은 좀처럼 다시 덥혀지지 않는다. 생각난 책을 찾으면 표지에 적혀 있는 글을 쓱 훑어본다. 앞표지와 뒤표지, 앞날개와 뒷날개에 묵묵히 자리 잡고 있는 문안을 찬찬히 들여다보고 있으면 책을 만들던 무렵이 어렴풋하게, 때로는 더없이 또렷하게 떠오른다. 표지에 자리 잡은 조각 글들의 행간에서 책을 만드는 동안 마음에 맺히고 고였다 사라진 것들의 흔적을 발견하곤 한다.

책의 본문은 저자의 것이지만 표지에 앉히는 글은 편집자가 쓴다. 번역서라면 외국 언론 매체의 그럴듯한 리뷰에서 뽑아내 우리말로 옮긴 문장을 맞춤한 곳에 배치하곤 한다. 표지 문안을 오롯이 편집자가 쓴 글이라 하기는 좀 뭐하다. 출판사에서 일하는 사람들이 흔히 '표2'라고 부르는 책의 앞날개에는 일반적으로 저자를 소개하는 글이 들어간다(번역서인 경우에는 역자를 소개하는 글과 그 공간을 나누어 갖는다). 이 글은 저자 본인이 직접 작성하고 편집자가 적당히 다듬는 것이 보통이다. 한편 '표4'라고 일컬어지는 책의 뒤표지는 본문에서 발췌한 저자의 글로 채워질 때가 많다. 이렇듯 편집자가 쓰긴 하지만 모든 문장이 편집자의 것은 아니기에 표지 문안은 쓰는 것이라기보다 꾸민다고(혹은 만든다고) 하는 편이 더 적절하다 싶다.

편집자의 간판

표지 문안을 꾸미는 데는 관습적이거나 보편적인 형식만 있을 뿐 규범 따위는 없다. 무형의 원고가 비로소 물성을 지닌 책이 되는 순간, 독자가 반드시 알아두면 좋을 것과 웬만하면 알아주길 바라는 것을 책을 만드는 사람이 저 나름의 기준으로 공표한 텍스트가 표지 문안이라 해도 무리는 아니겠다. 이 글을 꾸미는 사람에게는 지면 편집의 자유가 보장되어야 하며 물론 거기에는 책임이 뒤따른다. 뒤표지를 아예 비워둔 책을 종종 마주한다. 이는 편집자의 선택이다. 선택의 이유가 전체 표지 문안의 구성을 통해 설득력 있게 제시되기만 하면 문제없다. 반면 정해진 양식에 따라 표지 문안을 작성해야 하는 책도 있다. 총서나 전집 등 시리즈물이 대표적이다. 이러한 책들은 디자인뿐만 아니라 문안 작성에서도 견고한 통일성을 갖출 때 독자에게 안정감과 친근감을 줄 수 있다. '문학과지성사 시인선'이나 '민음사 세계문학전집'의 표지를 떠올려 보면 되겠다. 텍스트의 성격과 배치 형식이 크게 바뀌지 않는 까닭이 여기 있다.

많은 편집자들이 보도 자료 못지않게 표지 문안 쓰는 일을 버거워한다. 작성을 마치는 순간 머릿속에서 통째로 휘발되어버리곤 하는 보도 자료와 달리 표지 문안은 물성을 얻은 책에 마치 박제되듯 고스란히 남는다. 오탈자는 말할 것도 없고 명백한 사실관계 오류 또한 절대로 있어서는 안 된다(표지에 오탈자가 나오면 제작 부수나 비용과 상관없이 다시 인쇄할 수밖에 없다. 이런 일을 겪은 편집자가 제정신을 되찾기까지는 꽤 오랜 시간이 걸린다. 운이 나쁘면 영영 되찾지 못하고 일터를 떠나기도 한다. 편집자로 살면서 나는 이런 일을 두어 번 겪었다. 떠올릴 때마다 악몽이나 다름없다. 하나만 고백하자면, 신출내기 시절 앞표지에 '아무개 엮음'이 '아무개 역음'으로 되어 있던 것을 모르고 지나가 표지를 전량 다시 찍은 적이 있다. 제본하기 전이었다는 것이 다행이라면 다행이었다).

표지 문안을 작성할 때는 형식과 내용이 최상의 조화를 이루어야 하며 적극적이되 품위를 유지해야 한다. 그래야 독자를 유혹할 수 있다. 표지 문안은 편집자의 문장 감각을 가늠할 수 있는 바로미터가 되기도 한다. 그럴 법도 한 것이 표지 문안을 꾸미는 일에는 읽기, 쓰기, 고치기, 옮기기, 가려 뽑기 등 텍스트를 다루는 편집자의 거의 모든 역량이 투입되기 때문이다.

나의 경우 보도 자료를 쓸 때와 달리 표지 문안을 꾸밀 때에는 별다른 거부감을 느끼지 않는다(보도 자료를 쓰기가 너무 싫을 때는 차라리 일을 그만두고 싶다). 표지는 보통 다섯 영역으로 나누어진다(띠지가 있다면 하나의 영역이 추가된다). 비어 있는 표지의 다섯 영역을 가장 자연스럽게 채울 만한 각각의 텍스트를 작성하는 일에는 말로 설명하기 어려운 묘한 매력이 있다. 크고 작은 덩어리들로 분리된 텍스트를 디자이너가 적재적소에 앉힌 표지를 받아들면 묘한 성취감을 느끼곤 한다. 제본이 완료된 책을 손에 들었을 때보다 표3(뒷날개), 표4(뒤표지), 책등, 표1(앞표지), 표2(앞날개) 순서로 펼쳐진 표지에 다양한 층위의 텍스트가 질서 정연하게 제자리를 찾아 앉은 모습을 내려다볼 때가 더 뿌듯하다. 아무래도 표지 문안을 꾸미는 것이야말로 작성하고, 정리하고, 구성하는 편집이라는 일의 고유한 속성을 있는 그대로 반영하기 때문이 아닐까 싶다.

편집자는 저마다 책을 만들 때 견지하는 자기만의 소소한 원칙들이 있다. 나에게도 그런 원칙이 몇 가지 있다. 그 가운데 하나는 원고 검토를 마친 뒤라면 앞으로 내가 만들어야 할 책의 정체성을 어떤 자리에서든 단 한 문장으로 요약해 말할 수 있어야 한다는 것이다. 내가 만든 책을 설명하기 위한, 혹은 알리기 위한 모든 글은 바로 이 한 문장에서 출발할 수 있어야 한다는 것이 나의 지론이다. 자신이 만드는 책을 한 문장으로 간단명료하게 표현할 수 없다면 군말 없이 원고로 돌아가야 마땅하다(나는 아직도 그럴 때가 많다).

제목이 자리하는 앞표지가 저자의 얼굴이라면 뒤표지는 편집자의 얼굴이라 해도 괜찮겠다. 뒤표지 문안의 핵심은 한 줄짜리 헤드 카피다(경우에 따라서는 두 줄이 되기도 한다). 책을 설명하는 한 문장이 곧 헤드 카피가 된다. 표지 문안을 꾸밀 때는 이 한 문장을 중심에 두어야 한다.

나머지 텍스트는 모두 이 한 문장을 거드는 역할을 할 뿐이다. 이 문장은 빨리 만들어질수록 좋다. 디자이너든 마케터든 원고를 읽을 시간이 많지 않다. 그들은 자신이 꾸미고 팔아야 할 원고에 대해 최대한 정확하고 간략하게 '듣고' 싶어 한다.

"사회 진보와 변혁을 갈망하는 노동자들의 의지와 희망을 그린 졸라의 최고 걸작"

"격동의 중국 근대, 북경의 한 찻집을 무대로 펼쳐지는 민초들의 파란만장한 인생사"

"만남이 만남을 낳고, 책이 책을 부르던 아름다운 문예공화국의 시대"

"모든 것이 예술이 되었던 해, 1913년
만개의 순간에 울려 퍼지는 몰락과 파멸의 장엄미사"

"소설가 위화가 그려낸 현대 중국의 열 가지 풍경,
인생의 의미와 글쓰기의 기원을 찾아가는 열 편의 에세이"

"조선 최고의 지식인들이 펼쳐 보이는 사유의 진경산수"

과거에 만든 책들의 뒤표지에 자리하고 있는 헤드 카피들이다. 보기에 변변찮고 딱하긴 하지만 적어도 원고가 독자에게 말하는 바를 어떻게든 붙잡아 편집자의 언어로 다듬어 앉혀놓은 문장들이다. 책을 설명하는 한 문장은 거침없이 한 번에 쓰일 때가 있는가 하면, 종일 붙잡고 앉아 무수히 고치고 기운 끝에야 가까스로 완성되기도 한다. 중요한 것은 자신의 문장이 원고의 대지大旨를 충실하게 전달하고 있는지 냉철하게 판단하는 일이다. 그것이 바로 표지 문안을 꾸미는 이유이기 때문이다.

책에 따라서는 적절히 조미료('걸작', '정수', '최고의' 등등)를 더해도 타박받을 일이 없다. 다만 적절한 선에서 절제하지 못하면 요란한 빈 수레처럼 보이기 십상이다. 조미료 범벅인 음식은 십중팔구 식재료의 품질이 형편없다. 자신이 애써 만든 책이 그런 취급을 받기를 바랄 편집자는 없다. 과유불급인 법이다.

아무리 분량이 방대한 원고라도 편집자는 원고 전체를 단 한 문장으로, 자신의 언어로 말할 수 있어야 한다. 바로

그 문장이 책을 만드는 사람의 간판이다. 또한 책의 초석
이요 중추다.

# 실패한
# 기획자의
# 당부

편집자는 무엇으로 자신의 가치를 평가받을까? 여러 항목을 떠올릴 수 있을 텐데 아무래도 맨 윗자리에 놓이는 것은 기획력이 아닐까 싶다.

저절로 생겨나는 책은 없다. 근대 이후의 세계에서 책은 모두 기획의 산물이다. 편집자는 기획의 주체이거나 혹은 그러한 일에 직접적으로 간여하는 사람이다. 거시적으로 보면 편집자의 기획 활동은 출판이라는 산업을 굴러

가게 하는 원동력이라 해도 지나친 말이 아니다. 그럴 일은 없겠지만 편집자가 기획 활동을 멈추면 출판 산업의 엔진도 꺼져버린다. 여기서 편집이라는 일의 위상과 편집자의 역할을 분명하게 확인할 수 있다.

주지하듯이 편집자는 원고를 책으로 만드는 사람이다. 편집자에게 원고란 의미와 가치가 담긴 재화로서의 가능성이다. 말하자면 기획은 그 가능성을 디자인하는 일, 혹은 그 가능성을 도모하는 행위다. 이러한 과정을 거치지 않고 만들어지는 책은 거의 없다. 편집자에게 기획력이 중시되는 까닭이다.

'좋은 책은 팔리지 않아도 좋은 책이다'라고 생각하는 편집자가 있는가 하면 '좋은 책은 팔리지 않아도 좋은 책일까?'라고 생각하는 편집자도 있다. 어미 하나가 다를 뿐이지만 두 생각 사이의 거리는 보기보다 먼 것 같다. 뉘앙스만 놓고 보아도 전자는 고지식하고 후자는 유연하다. 예전에 나는 '좋은 책은 팔리지 않아도 좋은 책이다'라고 생각하곤 했다. 요즘은 '좋은 책은 팔리지 않아도 좋은 책일까?'라는 생각을 자주 한다. 두 생각은 동전의 양면 같기도 하다. 사실 나는 두 생각 사이를 끊임없이 오가며 책을 만든다. 기획이라는 일의 의미에 대해 고민하는 편집자라면 아마도 대부분 그러지 않을까? 편집자는 책으로 말하는 사람인 동시에 책의 성과로 말하는 사람이기도 하니 말이다.

출판사에서 기획 역량을 편집자를 평가하는 핵심적인 지표로 삼는 이유는 그것이 출판사의 이익 창출 여부와 직결되는 조건이기 때문이다. 구간의 매출 비중이 높은 몇몇 대형 출판사를 제외하면 수많은 중소 출판사의 연간 살림은 편집자의 기획력에 좌지우지되곤 한다. 편집자 스스로가 자신의 기획력을 증진하는 데 부단히 관심을 기울이고 노력을 쏟는 까닭 또한 크게 다르지 않다. 그들 대부분은 규모와 상관없이 기업의 일원이다. 이익을 창출하려는 기업의 목적과 자신의 역할을 이해하는 데 무리가 없는 그들은 기획력 강화에 매진하지 않을 수 없다. 편집자의 기획력은 출판사와 편집자가 사용자와 노동자로서 얼굴을 맞대고 연봉 협상 테이블에 앉을 때 각자에게 가장 합리적이고 투명한 근거로 활용할 수 있는 자료이기도 하다. 기획의 성과(이익)는 눈으로(숫자로) 확인 가능하기 때문이다. 이런 자리에서 양측이 서로 만족할 만한 결과를 도출해낸다면 출판사와 편집자는 나란히 발전하고 있는 상태라고 봐도 좋다(안타깝게도 한국 출판업계에서 이런 이상적인 장면은 좀처럼 목격하기 어렵다).

내가 알기로 남다른 기획력을 가진 편집자들에게는 공통점이 하나 있다. 그것은 바로 편집자로서 자기 자리를 기가 막히게 찾았다는 점이다. 주의 깊게 살펴보면 그들은 대부분 자신에게 더할 나위 없이 잘 어울리는 자리에서 꾸준히 책을 만들고 있다. 다른 말로 하면 그들은 자기 분야를 가진 편집자들이다. 편집자에게 자기 분야가 있느냐 없느냐는 대단히 중요한 문제다. 그것은 그가 신뢰할 만한 편집자인지 아닌지를 판가름하는 우선적 기준이기 때문이다. 어떤 책이든 어지간하면 다 만들 수 있다고 말하는 편집자와 어떤 책은 남들보다 좀 더 잘 만들 수 있다고 말하는 편집자 중 누구의 말이 조금이라도 더 믿음직스럽게 들리는가? 자기 분야를 갖고 있는 편집자들은 업계의 신뢰를 받는다. 기획력을 발휘하는 데 그만큼 단단한 토대가 되어주는 것도 없다. 그리고 그들은 자신의 기획으로 시장의 신뢰 또한 축적해간다.

　일을 시작한 지 얼마 되지 않은 편집자라면 자기 분야를 모색하는 데 집중하면 좋겠다. 모색을 마친 편집자는 이제 자기 분야를 다져나가는 데 애를 많이 써야 할 것이다. 두 가지만 기억해두면 좋겠다. 하나는 일관성이고 또 하나는 지속성이다. 언제 어디서나 자신의 일에서 일가를 이룬 사람들을 살펴보면 비슷한 점을 발견할 수 있다. 그것은 그들이 자신의 일을 한결같이 그리고 끊임없이 해온 사람들이라는 사실이다. 설령 일가를 이루는 데까지 나아가지는 못할지라도, 현재 자기 분야에서 착실히 내실을 다지고 있는 편집자라면 이 두 가지 일의 자세를 늘 견지했으면 한다. 무슨 일이든 야무지게 결실을 맺기까지는 일정한 시간이 필요하다. 책을 만드는 일도 다르지 않다.

그 시간을 오롯이 자신의 편으로 만들어줄 무기가 바로 일관성과 지속성이다. 잊지 말아야 할 것은 기획에 필요한 감각 역시 그것을 통해 날카롭게 벼려진다는 점이다. 기획에 도깨비방망이 같은 것은 없다.

기획을 하는 데 자격 조건은 없다. 편집자라면 누구나 책을 기획할 수 있다. 다만 지양해야 할 것은 기획이 편집과 독립된 일이라는 생각이다. 일을 시작한 지 얼마 안 된 편집자들이 이런 함정에 종종 빠진다. 기획도 엄연히 편집의 한 영역이다. 출판 시장을 둘러싼 환경과 기본적인 편집 실무에 대한 이해 없이는 제대로 수행하기 어려운 일이다. 특히 중요한 것은 원고 장악력이다. 혼자 힘으로 원고라는 난망한 '문제'를 해결하지 못하는 단계라면 조급하게 기획에 덤벼들기보다는 편집 실무 역량을 키우는 데 집중하는 편이 바람직하다. 간혹 기획자라는 이름으로 출판 경력을 시작하는 사람들도 없지 않지만 그들도 대부분 일을 해나가면서 어떻게든 편집 실무를 익히게 된다. 그러지 않고는 기획 업무를 원활하게 해나갈 수 없는 것이다.

잠시 부서장 노릇을 하던 시절 같이 일했던 어떤 편집자는 어쩐 일인지 교정 교열 등 일단 그가 부지런히 익혀야 하는 일들에 그다지 흥미가 없어 보였다. 대신 그는 자신의 취향을 '저격하는' 외국의 예술서 등 이런저런 책을 맥락 없이 기획(!)하는 몽상에 빠져 있었다. 나는 아무래도 그가 편집자로 성장하기는 어렵겠다고 생각했다. (그는 몇 년 뒤 소설가가 되었다. 늦지 않게 자신의 길을 잘 찾은 듯했다.) 기획이라는 일은 설득의 연속이다. 돈이 들어가는 일이고 돈이 되어야 할 일이기 때문이다(하지만 언제나 이익보다 손해를 볼 가능성이 큰 일이다). 자신의 기획을 추진하기 위해 편집자가 본인을 제외하고 가장 먼저 설득해야 하는 사람은 대부분 같이 일하는 편집자들이다. 아직 원고를 장악하는 힘이 턱없이 부족한 편집자의 기획안에 쉽게 설득될 동료들은 많지 않을 것이다.

기획을 위한 시간은 창창하다. 그 전에 일단 편집자가 되고 볼 일이다.

# 독립과
# 일인 출판을
# 꿈꾸는
# 편집자에게

가끔 잠을 못 이룰 때가 있다. 후회스러운 일들 때문이다. 했더라면 하는 일보다 하지 않았더라면 하는 일을 더 많이 생각한다. 그 일들이 일어나기 전으로 돌아가는 꿈을 꾸곤 한다. 옴나위없이 마음을 병들게 하는 꿈이다.

업계에 발을 들여놓은 지 십 년 남짓 되었을 즈음이었다. 마흔이 코앞이었던 나는 회사를 때려치우고 몇 달째 집에서 놀고 있었다. 직장 생활은 영혼을 잠식했다. 다시

해볼 엄두가 나지 않았다. 다른 방식으로 먹고살 궁리를 해야 했다. 처음에는 작은 동네 서점을 열어볼까 했다. 시집과 에세이를 읽고 싶을 때 들르고 싶은 아늑한 서점. 열 없이 이름까지 지었다(저녁책방). 하지만 책만 팔아가지고는 이것저것 떼고 나면 남는 게 없을 것 같았다. 와인도 팔고 위스키도 팔면 어떨까 하다가 그게 다 결국 사람 상대하는 일이다 싶어 잠시 부풀었던 기대를 접었다. 이러구러 십 년 넘게 편집자로 살아온 시간이 떠오른 건 자연스러운 일이었다. 어찌 보면 그 시간만이 오롯한 나의 자산이었다. 나이를 생각하면 다른 직업을 찾기보다 해온 일을 계속하는 게 합리적일 것 같았다. 다만 나는 사람들과 부대끼고 싶지 않았다. 혼자 일하고 싶었다. 답은 일인 출판뿐이었다.

책방의 상호가 될 뻔했던 말을 가져다가 출판사 이름을 지었다. 출판사 신고를 하고 사업자등록을 마쳤다. 디자인하는 선배가 로고와 명함을 거저 만들어주었다. 홈페이지에 걸어둘 출판사 소개 글을 썼다.

뚜렷한 취향과 자발적 연대가 공존하는 자유로운 출판 공간을 꿈꿉니다.

저녁의책은 문학, 예술, 인문 분야의 교양서를 출간합니다.

고전의 가치를 재발견하는 책, 책의 물성과 정신성을 생각하는 책, 읽고 쓰는 삶을 지향하는 책을 펴내려 합니다.

저녁은 가만히, 혼자서, 책을 읽기에 가장 좋은 시간입니다.


이런 글을 꾸며놓고 들여다보고 있자니 내가 벌이려고 하는 일이 왠지 내게서 멀어 보이는 듯했다. 저것이 과연 실체가 있는 말들인가? 내가 감당할 수 있는 말들인가? 이윽고 더없이 공허하고 막막한 시간이 일상을 지배하기 시작했다. 그 시간은 나 자신을 자꾸만 의심하게 만들었다. 모든 것이 나의 선택이었는데 억지로 링 위에 오른 듯한 느낌을 지울 수 없었다. 수건을 던져줄 사람도 보이지 않았다. 일시 실없는 사람으로 웃음거리가 되더라도 그쯤에서 없었던 일로 했더라면 어땠을지.

공허하고 막막한 시간에 붙어 다니는 회의를 잊을 만한 방법 중 하나는 돈을 쓰는 것이었다. 퇴직금과 가지고 있던 얼마 안 되는 돈으로 외국 책 몇 권을 계약했다. 고전의 가치를 재발견하는 책, 책의 물성과 정신성을 생각하는 책, 읽고 쓰는 삶을 지향하는 책들이라고 믿었다. 저작권사에 선인세를 치르고 그 책들을 번역해주기로 한 사람들에게 계약금을 주고 나자 통장이 벌써 바닥을 드러냈다. 실제로 책이 출간되려면 꽤 긴 시간이 필요했다. 당장은 생활비를 벌어야 했다. 알음알음으로 교정 교열 아르바이트를 이어갔다. 먼저 일인 출판을 시작해 어느 정도 자리를 잡은 선배 편집자들 중 몇몇은 딱하다는 듯 혹은 못마땅하다는 듯 외주 일은 웬만하면 하지 않는 게 좋다고 조언했다. 유감스럽게도 나는 그런 말을 새겨들을 형편이 아니었다. 외주 편집만으로 부족해 다른 부업을 찾아 한동안 같이 해나갔다. 언젠가는 다 읽을 줄 알고 모아두었던 책들도 야금야금 처분했다. 명색이 팀장으로 일하며 꼬박꼬박 월급 받던 시절이 떠오르지 않았다면 거짓말일 것이다. 첫 책을 내고 나면 살길이 보이겠거니 하며 스스로를 다독였다.

약간의 곡절을 겪고 첫 책이 나왔다. 지인들의 응원을 많이 받았다. 신문에 기사도 적당히 실렸다. 서점의 반응도 나쁘지 않았다. 페이스북과 인스타그램를 활용해 소소한 금액을 들여가며 홍보를 했다. 하지만 책은 정말 놀랄 만큼 빠른 속도로 잊혔다. 할 수 있는 일이 별로 없었다. 디자이너에게 작업 비용을 지불하고 역자에게 번역료 잔금을 치르고 나니 수중에 돈이 한 푼도 없었다. 아르바이트를 더 많이 더 열심히 했다. 왠지 일인 출판이 내 부업이 된 듯했다.

두 번째, 세 번째 책을 냈다. 첫 책을 냈을 때와 달라진 점은 없었다. 책이 잊히는 속도마저 똑같았다. 동네 서점들과 직거래를 시도했지만 연락 주는 곳이 없었다. 제반 비용을 줄이고 돌파구를 마련해보려는 목적으로 과거에 같이 일한 적이 있는 국내 저자들에게 집필 제안을 했다.

편집 후기

선뜻 계약하자고 하는 사람은 아무도 없었다. 나는 여전히 출판사 편집자였다. 하지만 대형 출판사에 재직 중인 편집자가 아니었다. 그것은 대단히 중요한 사실이었다. 나는 점점 밑 빠진 독에 계속 물을 들이붓고 있는 사람이 되어가는 것 같았다.

사업을 유지하는 데 들어가는 돈은 나를 들들 볶았다. 내가 알기로 빚 없이 일인 출판 하는 사람은 없었다. 언젠가는 일어날 일이었다. 소상공인을 위한 저금리 대출 상품은 많았다. 드디어 나는 채무자가 되었다. 그다음에 돈을 빌릴 때는 처음만큼 두려움에 사로잡히지 않았다. 빌린 돈은 통장에 얼마 머무르지 않았다. 어떻게든 해보자가 아니라 어떻게든 되겠지 하는 마음에 기대는 시간이 늘어갔다. 어느 날 교보문고 본사에서 우연히 만난 편집자 선배가 힘주어 말했다. 뒤를 돌아보지 말라고. 하지만 나는 매일매일 뒤를 돌아보고 있었다. 감당해야 할 빚이 불어날수록 선택의 시간도 빨리 다가왔다.

다섯 번째 책을 준비하며 나는 부채의 규모를 더 늘리

지 않기로 마음먹었다. 한 살이라도 젊을 때 사업의 세계에서 몸을 빼야 했다. 여섯 번째 책은 내지 않기로 했다. 술을 좋아하는 사람이 쓰게 될 에세이였다. 계약금 100만 원을 지급한 상태였다. 폐업과 계약 파기를 통보하는 메일을 보낼 때 나는 그가 먼저 계약금의 절반이라도 돌려주겠다고 말해준다면 얼마나 좋을까 하는 망상을 떨쳐내야 했다. 계약금 이야기는 꺼내지도 않았다. 그는 답장하지 않았다. 나는 바닥에 주저앉아 있었다.

여러 서점, 에이전시 등과 거래 관계를 정리하면서 너저분한 사업의 흔적들을 조금씩 지워나갔다. 책들은 모두 품절 처리 되었다. 마음이 가벼웠다. 그토록 홀가분할 수가 없었다. 물류 회사와도 계약을 종료했다. 내가 펴낸 책들을 종별로 이삼십 부만 남겨두고 모두 폐기해달라고 요청했다. 폐기에 드는 비용은 물론 내가 물었다. 창고에 가서 따로 빼둔 책들을 차에 실어 왔다. 방구석에 그 책들을 차곡차곡 쌓아놓았다. 이렇게 많이 챙길 일이었나 싶었다. 울고 싶었다.

종종 폐업한 출판사 계정으로 메일이 왔다. 내가 펴낸 책들을 구하고 싶다는 독자들이 보내오는 것이었다. 나는 책값을 받지 않고 방구석에 쌓여 있는 책들을 우체국에 가서 착불로 보내주곤 했다. 책을 받은 그들은 고마워했고 때로는 감격했다.

장사를 접고 꽤 오랜 시간이 흐른 어느 날 내가 마지막으로 펴냈던 책을 구하고 있다는 메일을 받았다. 『단테의 신곡에 관하여』라는 책이었다. 이번에도 책값은 받지 않고 착불로 책을 보냈다. 뭔가 짚이는 바가 있어 이메일 주소를 검색해보니 예상했던 대로 『신곡』을 우리말로 옮긴 단테 연구자였다. 앞으로도 단테 연구에 힘써주시길 바라 마지않는다고 알은체하는 메일을 보냈다. 그분은 답례로 자신이 최근에 출간한 『신곡』에 관한 교양서 한 권을 내게 보내주었다. 우송료를 내가 부담할 걸 그랬다고 뒤늦게 자책했다.

사업을 접은 해에 맞이한 겨울은 그 어느 때보다 혹독했다. 앞길이 캄캄했다. 은인의 도움으로 채무 불이행자가 되는 불상사만은 피할 수 있었다. 그리고 천신만고 끝에 다시 월급쟁이가 되었다. 매달 빚을 갚아나가기 시작했다.

일인 출판을 꿈꾸는 편집자에게는 두 가지가 필요하다. 첫째는 경험이고 둘째는 의지다. 편집자로 살아온 날들을 차분하고 냉정하게 돌아보자. 그리고 스스로에게 묻자. 나는 온전히 내가 기획한 책으로 돈을 벌어본 경험이 있는가? 나에게는 돈을 벌고야 말겠다는 의지가 있는가? 둘 중 하나라도 자신에게 결핍되어 있다는 사실을 확인하게 되었다면 일인 출판은 시작하지 않는 것이 좋겠다. 이 두 가지는 사업을 하는 데 필요한 최소 조건이다. 이 두 가지도 없이 사업을 시작하면 백 프로 망한다.

자신에게 경험과 의지가 있다는 것을 자신한다면 그다음에 필요한 것은 무엇일까? 역시 자본이다. 사업을 처음부터 부채만으로 해나가기는 쉽지 않은 노릇이다. 예컨대 일 년 동안 석 달 간격으로 네 종의 책을 내려면 현금(제조원가, 판매비와 관리비)이 얼마나 필요한지 꼼꼼히 산출해

보기 바란다. (이때 네 종의 책은 모두 국내 저서다. 시작은 무조건 국내 저서로 하는 것이 좋다. 일반적으로 외서 출간은 투자비용 대비 불확실성이 크고 금전 처리 등 자질구레한 업무로 에너지를 많이 빼앗는다.) 적어도 그 정도 현금은 손에 쥐고 시작해야 일 년간이라도 쫄지 않고 버텨볼 수 있다. 물론 생활비는 별도다.

　마지막으로 필요한 것은 확신이다. 일 년에 네 종의 책을 낸다면 그 가운데 한 종 이상은 적어도 분야 베스트에는 올려놓을 수 있다는 확신. 스스로의 힘으로 기획한 책을 어지간히 팔아본 경험이 없는 편집자라면 해내기가 쉽지 않은 일이다. 하지만 이렇게 하지 못하면 망하는 건 시간문제다. 한 해에 책을 한두 권도 읽지 않는 사람들조차 그 이름만큼은 알 만한 저자들의 원고를 손에 쥐고 있다면 성공 가능성은 매우 높아진다. (유명 저자들은 아무 편집자하고나 계약서에 도장을 찍지 않는다. 그들의 원고를 손에 쥔 것 자체가 편집자의 실력이다.)

　정리하자면 일인 출판을 꿈꾸는 편집자에게 필요한 것

은 경험, 의지, 자본(현금), 확신(실력)이다. 이 네 가지를 모두 갖추었다면 고민의 시간은 줄이고 과감히 도전해보기 바란다. 시작은 빠를수록 좋다. 혹시 실패하더라도 당신은 여전히 젊을 것이다.

부서장, 편집장 등 관리자로 일하다가 이런저런 이유로 독립을 선택하여 일인 출판사 대표가 된 편집자들을 여럿 알고 있다. 대체로 착실히 경력을 쌓아온 베테랑들이다. 하지만 안타깝게도 그들 가운데 사업적으로 성공을 거두었다고 할 만한 사람은 고작 한두 명뿐이다. 그리고 그 한두 명이 거둔 성공 역시 상당 부분 우주의 기운이 담긴 듯한 행운의 은총을 입은 결과였다. 성공의 희망을 버리지는 않았겠지만 나머지는 그럭저럭 먹고살기도 힘겹다. 그들이 어떻게 한 권 한 권 책을 계속 내고 있는지 들여다보면 마음이 아프다.

출판사를 창업하고 첫 책이 나왔을 때 서점의 구매 담당자들을 찾아다녔다. 그때 만났던 그들의 눈빛과 표정을 아직도 잊을 수 없다. 과거에 내가 어느 출판사에 재직했고 어떤 자리에서 무슨 책을 만들었는지 따위는 그들의 관심사가 아니었다. 그들에게 나는 이름을 기억하지 못하는 수많은 일인 출판사 대표 중 한 명에 불과했다. 걸치고 있던 값비싼 옷을 잃어버리고 알몸으로 길거리에 선 듯한 기분이었다. 그들에게는 내가 쭈뼛쭈뼛하며 손에 들고 있는 책의 상품 가치만이 중요했다. 내가 떠드는 책의 내용 가치는 그들에게 뜬구름 잡는 소리였다. 미팅을 마치고 돌아 나오면 아무도 내가 출간한 책을 사주지 않을 것 같다는 생각이 들었다.

안정적인 직장을 뛰쳐나와 일인 출판을 한다는 것은 무엇보다도 돈 버는 책을 만들겠다는 것이다. 당신이 뛰쳐나온 그 직장을 경영하는 사람이 필사적으로는 매달리는 일이 바로 그것이다. 자신이 그런 일을 할 수 있는 사람인지 곰곰이 생각해보기 바란다.

좀처럼 팔리지 않고 창고에 쌓여 있는 책은 흥미가 떨어진 값비싼 취미 생활의 처치 곤란한 잔재 같은 것이 되기 십상이다.

# 근속의
# 명암

    같은 직종에 얼마나 오랜 기간 종사했는지는 직업인에게 매우 중요한 경력 사항이다. 직업의 세계에서 우리가 흔히 장인匠人 혹은 베테랑이라 부르는 사람들의 가장 두드러지는 특징은 한 가지 일을 남들보다 훨씬 더 오랫동안 해왔다는 것이다. 그가 일을 한 시간 자체가 그의 성실성, 숙련도 등 일하는 사람으로서 그의 내실을 오롯이 보증하곤 한다.

직장인에게도 근속 기간이 갖는 의미는 남다르다. 사용자는 종업원의 근속 기간을 진급 심사나 연봉 책정 시에 높은 비중으로 반영한다. 근속 기간은 경력자가 직장을 구하는 경우 사용자가 그의 성향을 판단하는 근거가 된다. 업계에서 일한 기간이 동일하더라도 직장을 자주 옮긴 사람은 한곳에서 계속 근무한 사람보다 박한 평가를 받곤 한다. 기업으로서는 인재 채용도 투자의 하나다. 채용한 사람이 조직에 적응하고 자신의 가치를 입증할 때까지는 일정한 시간이 필요한데 그 기간 동안은 보통 가시적인 이익이 나지 않는다. 기업이 입사 지원자의 전 직장 근속 기간을 유심히 살피지 않을 수 없는 이유다. 오래 근무할 것 같지 않은 사람을 선뜻 채용할 기업은 많지 않은 것이다.

이직률이 높은 출판계도 다르지 않다. 사용자들은 한군데 출판사에 꾸준히 재직하며 경력을 쌓은 편집자를 여러 곳의 출판사를 옮겨 다닌 편집자보다 선호한다. 프리랜서 편집자로 일한 기간은 직급이나 연봉 책정 시 경력으로 인정해주지 않는 출판사가 대다수다. 이는 얼핏 불합리해 보일 수 있지만 기업의 입장에서는 자연스러운 일이라고 생각한다.

한 출판사에 오랫동안 재직하는 편집자는 그리 많지 않다. 심지어 부서장, 편집장, 주간도 심심찮게 자리를 옮긴다. 이직률이 높다는 것은 몸담고 있는 출판사에서 발전 가능성을 찾지 못하는 편집자가 많다는 뜻이기도 하다. 주지하듯이 출판은 산업의 규모 자체가 말도 못 하게 작다(단행본 시장 1위 기업의 매출액이 채 500억도 안된다). 신입 사원의 초임이나 종사자의 평균 임금도 다른 업계에 비해 턱없이 낮고 복리 후생의 수준도 변변치 않다. (2005년 처음으로 출판사에 취직했을 때 나의 연봉은 1800만 원이었다. 이른바 명문대 석사 학위 소지자였던 동료 편집자의 초임도 똑같았다. 신입 편집자 누구나 마찬가지였다. 이는 당시 보통의 중소기업 임금 수준에도 한참 미치지 못하는 액수였다. 매출 규모가 업계 중상위권은 되었던 출판사였다. 참고로 근래에 재직한 출판사의 신입 편집자 초임은 2020년 기준 3000만 원이 안 되었다. 손에 꼽는 대형 출판사 중 한 곳이다.) 한마디로 전통적인 의미의 출판은 미래의 편집자는 물론, 현직자들에게도 비전을 보여주는 산업이 아니다. 비전을 보여주기는커녕 불황 탈출의 기미조차 없다. 사정이 이렇다보니 젊은 편집자들은 얼마간 경력이 쌓이면 조금이라도 더 많은 연봉을 주는 출판사로 이직할 기회를 잡으려 한다.

한편 연봉이 이직을 고려하는 편집자들에게 최우선 조건이 아닌 경우도 많다. 어차피 업계의 평균 임금 수준이 지나치게 낮은 까닭이다. 심지어 연봉 삭감을 감수하고라도 직장을 옮기는 편집자 또한 적지 않다. 한 출판사에 장기근속하는 편집자의 수가 얼마 되지 않는 것은 오래 다닐 만한 출판사가 업계에 많지 않기 때문이다. 사장들은 말이 통하지 않고 월급은 내놓고 말할 수준이 못 된다. 반면 업무 강도는 지나치게 높다. 야근을 자주 한다. 때로는 교정지를 바리바리 싸 들고 퇴근하기도 하고 주말에도 사무실에 나오곤 한다. 출간 일정표는 늘 빽빽하고 밀어내야 할 원고는 잔뜩 쌓여 있다. 몸도 이곳저곳 고장이 난다. 조금이라도 경력이 있는 편집자는 어느 출판사든 다 거기서 거기라고 생각한다.

분야에 따라 조금씩 다르겠지만 편집자는 기획의 압박을 받는다. 종일 교정지에 코를 박고 앉아 있는 편집자보다 돈이 될 만한 물건을 찾아 사방팔방으로 뛰어다니거나 조금이라도 매출을 끌어올리기 위해 각종 홍보 활동에 매진하는 편집자가 더 유능하다고 인식된다. 매출 문제의 경우 지난날에는 어떻게든 출간 일정을 지키는 것으로 해결하곤 했지만 지금은 이른바 '셀러'를 기획해 타파하려 한다. 구간 매출의 비중이 높지 않은 고만고만한 규모의 출판사들은 대체로 사정이 엇비슷하다. 그렇다보니 아직 한 권의 책을 책임지고 편집할 만한 역량을 갖추지 못한 편집자들도 너나없이 돈이 될 만한 아이템을 찾는 데 목을 맨다. 이런 출판사에 오래 다니고 싶어 하는 편집자는 거의 없을 것이다.

편집자들이 그나마 오래 일하는 출판사는 구간의 종수

가 많고 그중에는 부동의 스테디셀러도 다수 포함되어 있어 한두 해 매출 실적이 저조하다고 해서 급작스럽게 경영 상황이 악화되지 않는 곳이다. 하지만 이런 출판사는 손에 꼽을 정도다. 표지 디자인과 본문 정판을 내부에서 소화할 수 있는 부서와 제작과 관리를 전담하는 부서만 있어도 기본 시스템은 갖춘 출판사다. 외주를 쓰지 않고 자체적으로 책을 만들 수 있는 자금(고정 인건비)을 확보하고 있다는 뜻이기 때문이다. 이만한 여건도 갖지 못한 출판사가 셀 수도 없이 많다. 이른바 메이저 출판사에 재직하는 편집자의 이직률이 소규모 출판사 편집자의 이직률에 비해 눈에 띄게 낮은 이유다.

대형 출판사는 보통 서로 다른 분야의 책을 만드는 여러 개의 편집 팀을 운영한다. 비유하자면 낚시꾼이 낚싯대를 여러 개 죽 늘어놓고 물고기 낚을 가능성을 높이는 것과 같다. 각 팀에 소속되어 일하는 편집자들은 경력도 실력도 다양하다. 편집자 서너 명이 해마다 회사의 살림을 책임져야 하는 소규모 출판사와 달리 대형 출판사는

근속의 명암

259

매출 부담을 여러 편집 팀이 나눌 수 있다. 남는 것을 집어다가 부족한 곳을 메우면 되는 것이다.

장기근속하는 편집자는 재직 중에 베스트셀러를 기획하여 출판사에 남다른 이익을 가져다주었을 가능성이 높다. 그가 만든 베스트셀러는 업계에서 훈장과도 같은 것이다. 회사에서는 이런 편집자가 다른 출판사로 옮겨가지 않고 오래 일할 수 있게끔 세심하게 관리한다. 당연히 그는 다른 편집자들보다 훨씬 더 나은 대우를 받으면서 안정적으로 커리어를 쌓아나갈 기반을 마련한다. (다소 드문 일이긴 해도 베스트셀러를 여러 번 만들어낸 스타 편집자는 다른 출판사의 솔깃할 만한 스카우트 제의를 받기도 한다. 간혹 이들은 임프린트를 운영하는 전문 편집인이 되기도 하고, 특별한 기획력을 발판으로 자신의 출판사를 창업하기도 한다.)

그런가 하면 다소 짠한 이유로 한 출판사에 장기근속하는 편집자들도 있다. 한마디로 갈 데가 없는 사람들이다. 오래전에는 기획에 목을 매거나 쉴 새 없이 책을 밀어내지 않아도 큰 욕심이 없다면 그럭저럭 몸담고 일할 만한 출판사들도 있었다. 아무래도 지금보다는 책을 읽는 사람들이 많았던 시절이었다. 팔구십 년대부터 탄탄하게 자리를 잡아온 일군의 출판사들은 편집자 개인의 역량보다는 인지도와 다종의 스테디셀러의 힘으로 알아서 잘 굴러갔다. 그 무렵에는 기획 마케팅이라는 말 자체가 없었다. 베스트셀러에 오르는 책들의 판매 부수 자체가 지금과는 비교할 수 없을 만큼 많았다. 그런 출판사에 입사하여 비교적 여유롭게 초년을 보내며 경력을 쌓은 편집자들 가운데 일부는 변화의 속도를 높여가는 시장의 흐름을 외면하고 점점 더 안정을 추구하게 되었다. 그런 출판사들 가운데 몇몇은 편집자들 사이에서 우스갯소리로 '편집자의 무덤'이라고 불리기도 했다.

조직 문화가 보수적이고 배타적인 출판사들은 임원들의 성향마저 비슷비슷하다. 의사소통 구조가 위계적이고 어지간해서는 새로운 시도를 하지 않으려 한다. 성장 가능성이 큰 편집자도 그런 출판사에서는 발전을 도모하기 어렵다. 어찌어찌 그런 곳에 장기근속하게 된 편집자들은 이제 치열하고 살벌한 경쟁 시장에 뛰어들 엄두조차 내지 못한다. 일정한 시간 동안 자기 몫의 성과를 내지 못하면 편집자로서 가치를 인정받지 못하는 출판사로 이직을 감행할 수 있을 만한 경쟁력 자체가 없는 것이다. 끊임없이 변화하는 시장 환경에 무관심하고 시대의 흐름을 부지런히 따라가지 못하는 편집자들은 유감스럽지만 갈 곳이 없다.

다소 독특한 장기근속 편집자들도 있다. 주로 대형 출판사에서 근무하며 탁월한(!) 관리 능력을 갖고 있는 시니어들이다. 기획은 말할 것도 없고 편집 실무 능력조차 무뎌진 지 오래지만 세상 돌아가는 사정에는 밝아 사회 변화에 기민하게 대처해온 이들이라 할 수 있다. 회의는 그들이 가장 좋아하는 일이다. 이제 그들은 원고보다 아랫사람을 훨씬 더 잘 다룬다. 회의를 거듭하면서 부하 직원들의 충성도를 자주 점검한다. 매사에 그들은 동료들보다 사용자의 편에 설 때가 많다. 혹시 그것이 그들의 장기근속 비결일까? 그들은 대부분 고액의 연봉을 받으면서 얼마 남지 않은 정년을 준비한다. 오가며 듣자니 젊은 편집자들은 이들을 '고인물'이라고 부른다 한다. 호칭에 걸맞게 그들의 자리는 눈에 잘 띄지 않는다. 그들에게 경의를 표해야 할지 야유를 보내야 할지 아직 나는 모르겠다.

## 외주자로
## 살기

출판사를 그만둔 편집자는 무엇을 할까? 내가 알기로 대부분은 다시 출판사에 들어간다. 일부는 업계를 떠나거나 출판사를 차린다. 그리고 나머지는 출판사 밖에서 프리랜서 편집자로 일한다. 출판계에서는 이들을 흔히 외주자外注者라고 부른다. 이들에 대해서는 별달리 알려진 통계가 없다(하긴 누가 그런 통계를 알고 싶어 하겠는가).

일반적으로 외주자는 출판사로부터 작업 의뢰를 받는

다. 대개 원고를 교정하고 교열하는 일이다. 교정의 횟수는 협의하기 나름인데 보통은 두 번(초교, 재교) 혹은 세 번(초교, 재교, 삼교)이다. 작업비는 매 교당 단가를 협의하여 결정한다. 표지 문안과 보도 자료까지 작성하는 경우도 있다. 이런 작업에는 별도의 비용이 책정된다. 간혹 원고 검토부터 출간까지 편집의 전 과정을 진행하기도 한다. 이는 '통외주'라고 한다. 통외주는 작업비도 통으로 주고받는다.

규모와 상관없이 출판사에 외주자는 없어서는 안 되는 존재다. 거개의 출판사는 재직 중인 편집자들이 감당할 수 있는 것보다 더 많은 종수의 책을 출간하기 때문이다. 인건비를 줄이면서 목표 출간 종수를 맞추려면 반드시 외주자가 필요하다.

출판사로서는 아무래도 생판 모르는 편집자보다 한 다리 건너든 두 다리 건너든 연이 닿는 편집자와 소통하기가 더 편하다. 이런 까닭에 외주자는 재직 중 실무에서 특별한 문제가 없었다면 전 직장에서 일을 의뢰받는 경우가

외주자로 살기

265

잦다. 일을 맡기는 쪽이나 받는 쪽이나 출판사 내부의 시스템을 잘 알고 있으니 서로 편하다. 일을 맡기는 사람이나 일을 받는 사람이나 모두 편집자다. 그리고 그들의 처지는 수시로 바뀐다.

경험에 기대어 말하자면 조직에 매이는 것을 꺼리는 편집자들은 외주자로 일하는 쪽을 선호한다. 외주자는 기획이나 매출 압박에 시달릴 일도 없고 협력 부서와 아옹다웅 스트레스 받으며 소통할 일도 없다. 철저히 교정 교열에만 집중하면 된다. 직장 생활을 하는 편집자보다 수입은 현저히 적겠지만 꾸준히 일할 수만 있다면 외주자로사는 것도 나쁘지 않다. 문제는 꾸준히 일하기가 어렵다는 것이다. 경력 많고 실력 좋고 사교성 풍부한 외주자도자칫 일감이 떨어질까 전전긍긍이다. 안면 있는 편집자들에게 일 좀 없느냐는 아쉬운 소리까지 해야 하는 지경에이르기도 한다.

내가 처음 편집 일을 시작했을 무렵에는 외주 작업이완료되어도 출판사에서 외주자에게 바로 비용을 지급하지 않았다. 회계 편리상 책이 출간되고 나서 지급하는 것이 보통이었는데 출간 일정은 출판사 사정에 따라 언제든 미뤄질 수 있었다. 불합리하기 짝이 없는 업계의 관행이었다. 현재도 이런 식으로 외주 비용을 지급하는 출판사가 적지 않을 것이다.

이래저래 외주자로 생계를 꾸려가기란 만만한 일이 아니다. 회사를 그만두고 프리랜서로 일하던 편집자들 대부분이 얼마 못 가 다시 취업 전선에 뛰어드는 까닭이 여기에 있다. 외주자로 일하다가 아예 업계를 떠나는 이들도 있다. 그들 중 일부는 학업을 재개하거나 번역 혹은 창작 쪽으로 방향을 전환하기도 한다. 아주 적은 수의 외주자만 계속 외주자의 삶을 이어간다.

회사에 다니지 않을 때 나는 항상 외주자였다. 심지어 출판사를 창업하고 손수 책을 출간하던 시절에도 생계 때문에 외주 일을 좀처럼 손에서 놓지 못했다. 재직했던 출판사, 아는 편집자가 재직하는 출판사, 아는 편집자의 아는 편집자가 재직하는 출판사 등 인맥이 닿는 곳에서 일감을 받았다.

지금과 달리 신출내기 편집자 시절에 나는 출판계 사람들, 특히 편집자들과 어울리기를 좋아했다. 거의 모두가 나보다 몇 년씩 먼저 일을 시작한 선배들이었다. 그들은 출판계가 돌아가는 사정과 출판사, 저자, 역자, 편집자, 책 만드는 일 등에 대해 많은 이야기를 들려주었다. 그런 이야기들은 언제 들어도 흥미로웠다. 나는 그들과 조금이라도 더 가까워지고 싶었다. 다른 출판사에 다니는 편집자들, 다른 분야의 책을 만드는 편집자들과 교류의 폭을 넓혀나갔다. 시간이 흐르면서 자연스럽게 소원해졌지만 여전히 내가 만나는 편집자들은 대부분 그 무렵에 처음 인연을 맺은 이들이다.

나의 의도와 상관없이 그러한 교류는 곧 업계의 인맥이 되었다. 일터 밖의 편집자들과 그런 관계를 맺지 못했더라면 나는 아마도 처음 회사를 그만두었을 때 출판계는 발붙일 만한 바닥이 아니라 단정하고 하루라도 빨리 다른 일을 찾아보려 했을 것이다. 그런데 다행히도 주변에 기꺼이 도움을 주려고 하는 동료들이 있었다. 그들 덕분에 나는 원하던 직장에 들어가기도 했고, 그들의 호의로 짧게는 반년, 길게는 두어 해 남짓 외주 일을 하면서 입에 풀칠을 했다(프리랜서 편집자로 살면서 저축을 하기는 난망한 일이다. 빚이나 지지 않고 살면 다행이다). 하지만 나는 외주자로서 성실한 쪽도 영리한 쪽도 아니었다. 항상 그랬듯이 돌아갈 곳은 출판사밖에 없었다. 물론 아직 젊은 편집자였던 시절의 이야기다.

출판사에서 직접 진행하지 않고 외주로 내보내는 원고들은 대부분 상태가 좋지 않다. 편집하는 데 별문제가 없는 원고를 부러 비용을 들여가며 외주자에게 맡기는 출판사는 없다. 외주자로 먹고살려면 도대체 책이 될까 싶은 원고들에 익숙해져야 한다. 그런 원고들을 붙잡고 씨름하다 보면 하루가 어떻게 가는지 모를 때도 있다. 세상에 과연 이렇게 많은 책이 필요할까 싶은 생각이 절로 든다.

외주자 생활을 접고 다시 출판사에 들어가면 외주자를 수소문하여 오래 묵은 골칫덩어리 원고나 촌각을 다

뭐 출간해야 하지만 맡을 손이 없는 원고를 내보냈다. 외주자로 일하다가 외주자를 보면 마치 거울을 들여다보는 것 같았다.

외주자 생활도 오래 하다보면 타성에 젖고 매너리즘에 빠진다. 원고를 보는 눈도 흐려지고 감각도 무뎌진다. 경제 형편과 상관없이 그렇게 되곤 한다. 조직에서 목표와 일정에 따라 일하는 편집자는 따로 수고하지 않아도 대부분 편집 실무 능력을 유지할 수 있다. 돈 주고 쓰는 직원을 가만히 내버려두는 조직은 없기 때문이다. 내 생각에 직장인은 자기계발 서적 따위 열심히 읽지 않아도 된다. 그들은 이미 죽도록 자기계발을 하고 있다. 정작 그런 책을 읽어야 하는 사람은 프리랜서일지도 모른다. 혼자 일하는 사람은 어지간히 노력하지 않으면 자신도 모르게 일에서 서서히 퇴보한다. 남들과 일상적으로 경쟁해야 하는 환경에서 멀리 떨어져 있기 때문이다.

솜씨가 전만 못한 외주자는 자연스레 도태된다. 경력이나 나이를 놓고 보면 편집장이나 주간으로 일해야 할 그들이 출판사에 다시 들어가기란 녹록하지 않은 일이다. 그들은 소리 소문 없이 은퇴하거나 간혹 발행인이 되는 길을 택한다. 자본과 기획력이 있다면 출판사를 창업하는 것이 프리랜서 편집자로 사는 것보다 나을 수도 있다. 외주자의 미래는 불투명하고 불안하지 않을 때가 없다. 일을 주는 출판사가 없으면 바로 백수 신세다. 자신에게 일을 맡기는 편집자들도 언제까지고 회사에 붙어 있으리란 법은 없다. 그들 역시 이 출판사 저 출판사 옮겨 다니며 마땅히 적을 두지 않을 때는 외주자로 일한다. 업계의 서글픈 현실이다.

그럴듯한지 모르겠지만 외주자로 살고 있는 편집자들에게 제안하고 싶은 것이 하나 있다. 글을 써보라는 것이다. 어떤 글이든 상관없다. 다만 원고료나 인세를 받을 수 있는 글이어야 한다. 나는 글 잘 쓰는 편집자를 여럿 알고 있다. 하지만 그들이 좀처럼 자기 글을 쓰려고 하지 않아서 안타깝다. 내가 가깝게 지내는 편집자들 가운데 단절 없이 장기간 외주자로 생활하고 있는 이들은 대부분 글을 쓰는 저자이기도 하다. 글쓰기를 딱히 편집자의 일이라고 하기는 어렵겠지만 자기 글을 쓰는 편집자는 남다르다. 『내 문장이 그렇게 이상한가요?』라는 책을 읽어본 독자가 적지 않을 것이다. 우리말 문장 다듬는 법을 알려주는 충실한 책으로 베스트셀러가 되었다. 책을 쓴 사람은 스무해 넘게 외주자로 살아온 편집자다. 곰곰이 생각해보면 좋겠다. 편집자인 당신에게는 글로 쓸 만한 콘텐츠가 아주 많을 것이다.

# 인용 출처

13쪽 폴 베를렌, 『예지』, 곽광수 옮김, 민음사, 1995.

27쪽 이태준, 『무서록』, 박문서관, 1941.

30쪽 장정일, 『장정일의 독서일기』, 범우사, 1994.

62~63쪽 『정조실록』 31권, 정조 14년 8월 10일 무오 세 번째 기사.

67쪽 레이먼드 카버, 『대성당』, 김연수 옮김, 문학동네, 2014, 개정판 1쇄.

73쪽 김현, 『행복한 책읽기』, 문학과지성사, 1992.

120쪽 최영미, 『서른, 잔치는 끝났다』, 창작과비평사, 1994.

125쪽 김상미, 『우린 아무 관계도 아니에요』, 문학동네, 2017.

172쪽 『오늘을 읽는 맹자』, 임자헌 옮김, 루페, 2019.

184쪽 윌리엄 셰익스피어, 『셰익스피어 전집』 4, 최종철 옮김, 민음사, 2014.

192쪽 김춘수, 『김춘수 시전집』, 현대문학, 2004.

199쪽 파리 리뷰, 『작가란 무엇인가: 소설가들의 소설가를 인터뷰하다』, 권승혁·김진아·김율희 옮김, 다른, 2019.

200쪽 하성란, 『웨하스』, 문학동네, 2006.

**편집 후기**
**결국 책을 사랑하는 일**

초판 1쇄 인쇄 2023년 5월 22일
초판 1쇄 발행 2023년 6월 1일

지은이 오경철

편집 류기일 정소리 │ 디자인 윤종윤 │ 마케팅 김선진 배희주
브랜딩 함유지 함근아 김희숙 고보미 박민재 정승민 배진성
저작권 박지영 형소진 최은진 오서영
제작 강신은 김동욱 임현식 │ 제작처 상지사

펴낸곳 (주)교유당 │ 펴낸이 신정민
출판등록 2019년 5월 24일 제406-2019-000052호

주소 10881 경기도 파주시 회동길 210
전화 031-955-8891(마케팅) │ 031-955-2692(편집) │ 031-955-8855(팩스)
전자우편 gyoyudang@munhak.com

인스타그램 @gyoyu_books │ 트위터 @gyoyu_book │ 페이스북 @gyoyubooks

ISBN 979-11-92968-24-7 03810